FENSTER IN FLAMMEN - Carmen-Francesca Banciu

Bibliografische Information der Deutschen Nationalbibliothek
Die Deutsche Nationalbibliothek verzeichnet diese Publikation in der Deutschen Nationalbibliografie; detaillierte bibliografische Daten sind im Internet über http://www.d-nb.de abrufbar.

ISBN: 978-3-941524-65-1

Neuauflage, Oktober 2015

1. Auflage 1992 , Rotbuch Verlag, Berlin

PalmArtPress, Pfalzburger Str. 69, 10719 Berlin
www.palmartpress.com
Herausgeberin: Catharine J. Nicely
Umschlagfoto: Carmen-Francesca Banciu
Druck: Schaltungsdienst Lange, Berlin

Hergestellt in Deutschland

Carmen-Francesca Banciu

FENSTER IN FLAMMEN

Aus dem Rumänischen
von Rolf Bossert und Ernest Wichner
Nachwort von Prof. Dr. Dieter Wrobel

PalmArtPress
Berlin

Inhalt

Aus dem Tagebuch der Andromaca P.

Es blitzt. Draußen blitzt es. Manche Frauen fürchten sich. Ich nicht. Aber auch ich könnte mich fürchten. Nicht wahr. Es ist das Risiko der selbstbewussten Frauen. Niemand zerbricht sich darüber den Kopf. Also über sie. Denn man weiß ja. Sieh, eine Frau. Sie fürchtet sich vor nichts. Also musst du dir keine Gedanken darüber machen. Ihr keine Blumen bringen. Du wirst sie nicht lieben können. Nur dem unbeholfenen Tier gegenüber verspürst du die Notwendigkeit, es zu schützen. Mit dem Instinkt, mit dem du dich ängstigst. Mit dem du liebst.
Wir teilen hier ein Rezept für's Glücklichsein mit. Für diejenigen, die das wahre Glück nicht auf den Schultern tragen können.
Man nehme eine Dosis Heiterkeit und hänge sie sich um den Hals. Man nehme eine Dosis Gleichgültigkeit. Vermenge sie gut. Bis sie zu einer Paste werden. Mit der man sich gleichmäßig einschmieren kann. Für eventuelle affektive Bedürfnisse besorgt man sich eine Katze. Mit den Hunden ist das etwas schwieriger. Man muss sie ausführen. Sie bürsten. Sie lieben. Du kaufst dir einen Kühlschrank mit Gefrierfach für die Fische. Und ansonsten. Setzt du dich in den Sessel. Die Katze schnurrt. Im Ofen brennt das Feuer. Du aber scherst dich einen Dreck um die Dramen der Menschheit. Zwischendurch hörst du Like a roller in the ocean, was in freier Übersetzung im Radio – hier ist Buka-

rest, Rumänien – in etwa darauf hinausliefe: Immer vorwärts für den Sieg.
Zur Erlangung der absoluten Glückseligkeit studiere man die chinesische Sprache. Oder eine andere schwer verständliche Sprache. Sho-hua. Xie-xie. Zai-zien. Zai-zien. Ohnehin versteht es niemand.
Zur unzweckmäßigen Nutzung der Zeit. Aktives Unausgeruhtsein. Empfehlen wir Ihnen das Glücksrezept Nummer zwei. Das authentische. Eine Liebe. Verrückt. Eine rasend verrückte Liebe. Mit Anfällen von Wut. Angeboten und Angriffen. Unvermeidlichen und endlosen Skandalen. Vorwürfen. Persönlichkeitskrisen. Sexuell-politisch-ideologischem Erfahrungsaustausch. Schließlich. Salz und Pfeffer.
In beiden Fällen ist etwas roher Tabak zu empfehlen. Virginia. Wir warnen vor. Auf dem Markt gibt es keinen mehr.
Ein Piratensender teilt allerdings mit, dass alles vergeblich ist. Alles ein Irrtum.
Er sagt. Wenn ihr das Glück erstrebt. Sie, meine Damen und Herren. Lassen Sie ihren Verstand entfliehen. Treiben Sie ihre Seele ab. Und verschaffen Sie sich Beziehungen auf dem Schwarzmarkt.
Gestatten Sie. Nach alledem. Ich. Persönlich. Will Ruhe haben. Ich bin die Frau, die sich vor nichts fürchtet. Das Gas in meinem Feuerzeug ist alle. Selbst über solch eine Kleinigkeit kann ich in Wut geraten.

2.

Draußen blitzt es. Dieser Regen will wohl überhaupt nicht mehr beginnen. Herrgott nochmal.
Ich glaube, ich werde etwas trinken müssen. Werde mich betäuben müssen. Die Betäubung wegspülen. Beides. Keines von beidem.
Ein Ring unter den Augen, Ring unter den Augen. Er umrandet. Die Augen. Meine Augenringmüdigkeit. Schließt ein.
Ich drehe das Radio voll auf. Damit es brüllt. Bitteschön. Damit es brüllt. Damit es die Unordnung im Zimmer überdeckt. Weil ich keine Katze habe. Ich rauche Arberia. Ekelhaft. Wie man weiß. Und frage mich, wie ich mich noch ertrage. Während aus Leibeskräften aus der transistorenbestückten Kiste gebrüllt wird. Vielleicht sollte auch der Fernseher brüllen. Und der Kühlschrank. Aber der hat keinen Thermostat. Nicht einmal ein Gefrierfach. Und trotzdem sind meine Hände kalt. Ich erwarte einen Anruf. Aber ich habe kein Telefon. Und doch kann man sagen, ich erwarte etwas.
Un dia tu. Un dia yo. Me quieres tu. Te odio yo. Die Luft ist aufgeladen. So dass ich das Bedürfnis empfinde, zu tanzen.
Ich bin 23 Jahre alt. Habe braune Augen. Sex-Appeal. Jede Menge. Eine Abtreibung. Und das akute Bedürfnis, zu revoltieren.
Ich verspüre das Bedürfnis, Kaffee zu trinken. Hellas. Saft. Zitronensaft. Produced and packed by Bross. Wir wissen schon, von wem. Lust auf Pfefferminze. Ein-

fache Pastillen. Extra feines Salz. Rekristallisiertes. STAS 1465-72. Saline Cacica. Und alles, was mir die moderne Zivilisation anbieten kann.
Take my hand in yours. Lass uns am Sonntag spazieren gehen. Und an den gesetzlichen Feiertagen.
In den Weichteilen meines Selbstbewusstseins empfinde ich den Geschmack der Revolte. Und mir ist danach, es auszuspucken. Das Selbstbewusstsein. Und ich lege mir eine Käfersammlung für meine Sonntage an. Ich kann nichts mit ihnen anfangen. Und auch mit diesem Regen nichts, der nun angefangen hat. Und sich schüttelt wie ein Kirschbaum Ende Mai.
Wir treten für die Verwirklichung der 5-Tage-Arbeitswoche ein.

3.

Es regnet. Es hat zu regnen begonnen. Im Block vis-a-vis. Auf dem gleichen Stockwerk. Eine japanische Familie. Sie sitzen auf dem Balkon, geben eine Party. Five-o-clock. Mit Musik. Ich würde gewiss nicht sagen, dass mich dies nicht aufregt. Ich kann kein Japanisch. Aber ich begreife, dass auch sie verregnet werden. Auch sie haben Kinder. Auch sie also ...
Tür an Tür mit mir, eine Familie Roma. Schwarze. Sie fluchen ständig. Verprügeln sich und prostituieren sich im Flur.
Ich würde nicht sagen, dies rege mich nicht auf. Ich kann nicht die Sprache der Zigeuner. Empfehle trotzdem ein Lehrbuch. Zum Selberlernen.

Als ich in Bulgarien war, schüchterte mich die Schrift auf den Reklametafeln ein. Die Grenze aber ist ein Witz, der eine halbe Stunde dauert. Mit dem Auto.
Auch dort wurde Hellas verkauft. Kaffee ist gefragt. Schokolade. Man zieht Pfirsiche. Strebt nach Glück. Ich gebe zu bedenken, dass ich kein Bulgarisch kann. Jetzt aber. Während ich zuhöre, wie sich der Regen verausgabt. Also. Fühle ich ein akutes Bedürfnis nach Revolte. Die Revolution geht weiter.
Eigentlich. Das extra-feine Salz schmeckt mir nicht. Es interessiert mich: Der Krieg in Indochina. Die Witze über Bulă. Der III. Weltkrieg. Die Rolle des C.O.M. Die fehlende Initiative. Die Disko-Zivilisation. Die Verteuerung der Verkehrsmittel. Die Neufestlegung der Preise. Der Kosmopolitismus. Die affektive Impotenz. Und der Import von Verhütungsmitteln.

Verlaufen

Maxim Ionescu öffnete die Augen. Und ein äußerst seltsamer Anblick bot sich ihm. Maxim Ionescu öffnete die Augen zu einer Zimmerdecke hin. Unter der einige Wasserbecken für Toilettenspülungen hingen. Den Blick leicht senkend, sah er ein Fenster, das bis zu drei Vierteln seiner Höhe grün angestrichen war. Auch die Wand hinter dem Fenster war grün. Die Wasserbecken und die Schnüre daran waren ebenfalls grün. Alles war grün. Vermutlich sollte durch Farbsuggestion eine Beruhigung der Augen und damit der Seelen vor den dort üblichen Verrichtungen erreicht werden. Aus Maxims Perspektive war es aber leider ein irritierendes Grün, das nicht im Entferntesten entspannend und verdauungsfördernd wirkte. Ich weiß nicht, ob es sich nicht sogar um das viel besungene Lauchgrün, *Verdepraz,* handelte. Bedachte man aber die Lächerlichkeit dieser Benennung, so konnte man sicher sein, dass nur von diesem Grün die Rede sein konnte.

Während er diesen kleinen Reflexionen nachhing, musste Maxim Ionescu feststellen, dass der Bus völlig leer war und irgendwo auf der Strecke lag. Aha, der ist von seiner Route abgekommen, wie man sieht. Sagte sich Maxim. Wie spät es wohl sein mochte.

Er atmete tief ein und kräftig durch den Mund wieder aus. Dunst entwich ihm, und eine Fahne von Pflaumenschnaps, Marke „Augen von Dobrin“, die ihn beinahe

zu Boden geworfen hätte.
Kalt, kalt, und er rieb sich die Hände. Versuchte, sich ein wenig aufzuwärmen. Kalt, kalt, murmelte er noch und fluchte. Worauf er seine Taschen nach dem Päckchen Carpaţi-Ohne abtastete. Dann verlegte er sich wieder auf's Fluchen. Die letzte halbe Streichholzschachtel war schon fast zerrieben, ohne eine Flamme von sich zu geben. Schließlich zündete doch noch eines und warf sein stecknadelkopfgroßes Licht bis nach vorne zum Chauffeursitz. Dort saß niemand, da er aber nun mal rauchen musste, beschloss Maxim, in die Nacht hinauszusteigen.
Bevor er sich entfernte, blickte er noch einmal auf das beleuchtete Fenster, das zu Dreivierteln grün angestrichen war und im obersten, im nichtgestrichenen Viertel, dem aufmerksamen Passanten eine Anzahl von Toilettenspülungsbecken zeigte.
Eine Schule, sagte sich dann Maxim. Ein Hort der Kultur. Er ging noch zwei Schritte weiter und las auf dem Schild: Volksrat/Parteikomitee.
Ein Kälteschauer durchfuhr ihn. Er schlug den Mantelkragen hoch, spuckte einen unsichtbaren Tabakskrümel auf den Bürgersteig und, noch bevor er sich in Raum und Zeit zu orientieren begann, suchte er mit den Blicken nach einem Raucher.
Über die Stadt ließ sich bloß sagen, dass sie in Dunkelheit und Nebel versunken war. Oder aber Maxim hatte einen Schleier vor den Augen. Einige Schritte weiter erblickte er den so sehr ersehnten Lichtpunkt. Mit vorgestreckter Zigarette ging er darauf zu. Vor Dunkelheit und Nebel konnte er nichts sehen. Mit seiner

Zigarette ging er ganz nahe an den leuchtenden Punkt heran. Der Punkt erhob sich bis in die Höhe seines Mundes. Und Maxim sog gierig den ersten Rauch ein. Bedankte sich. Aus der Schwärze antwortete ein Gebrabbel. Maxim war müde. Es war dunkel. Beinahe fröhlich ging er weiter.

Maxim Ionescu hatte das Gefühl einer Leichtigkeit, die irgendwo aus der Tiefe entsprang und immer mächtiger wurde. Dieses Gefühl wuchs mit jedem Schritt, obwohl es zum gegenwärtigen Zeitpunkt dafür überhaupt keinen Grund zu geben schien.

Es war sehr spät. Ich hab's verschissen, sagte sich Maxim. Am Abend hatte seine Frau ihm das Versprechen abverlangt, früh nach Hause zu kommen. Verschissen, ohne Witz. Es war der Geburtstag seiner Tochter und, ich weiß nicht das wievielte Jubiläum ihres mehr oder weniger friedlichen Zusammenlebens. Als Maxim feststellte, dass er in einem ihm offenbar unbekannten Stadtviertel angekommen war, hatte er plötzlich den Eindruck, seine Beine seien ihm abgeschnitten worden. Keine besonderen Zeichen waren zu sehen. Der Tabakladen sah aus wie überall. Der Lebensmittelkomplex wie überall. Die Dunkelheit wie überall. Nachdem er der Reihe nach einige in Frage kommende Stadtviertel sich ins Gedächtnis gerufen hatte, wandte er sich um und ging auf den Bus zu, dessen Nummer zu erfahren. Als er nahe genug dran war, bemerkte er, dass er mindestens zweimal die Stadt von Endstation zu Endstation durchquert haben musste und sich jetzt in der Nähe seines Arbeitsplatzes befand. Echt verschissen, brummte er.

Maxim Ionescu war Arbeiter von einiger Qualifikation auf einer der Baustellen des Vaterlandes. Keiner kann behaupten, dies sei Maxims Antwort auf die Frage gewesen: Was willst du werden, wenn du groß bist. Die wäre vielmehr etwa so ausgefallen: Ich will Präsident werden. Zumindest Präsident der Mietervereinigung. Fragt man ihn aber, so sagt er, was soll's. Und wischt seine verschwitzte Hand am Hosenboden ab. Denn bei dieser Frage kommt er immer ins Schwitzen. Was soll's, es sollte nicht sein. Man macht halt nicht, was man will. Im Leben. Und nach dieser demoralisierenden Schlussfolgerung spuckt er dann noch einen unvermeidlichen Tabakskrümel aus, sucht mechanisch nach der Zigarettenpackung und findet weitere Anlässe zum Fluchen. Und kehrt an den Arbeitsplatz zurück. Er findet immer etwas zum Draufhauen, auch wenn's nicht bei der Arbeit ist. Oder wenigstens etwas zu tun, damit er unter seinem Schnurrbart von der Annahme murmeln kann, der Mensch sei sein eigener Herr.

Dies sollte nicht den Eindruck vermitteln, Maxim gehöre zu jener Sorte Menschen, die es liebt zu nörgeln. Oh nein. Nicht im Entferntesten. Die einschlägigen heftigen Diskussionen an den Bushaltestellen, in den Bussen und beim Schlangestehen hasst er aus tiefster Seele. Er hasst sie ebenso, wie er das Wort Schlange hasst. Es ruft in ihm immer den Eindruck hervor, eine Stufe unterhalb der Menschlichkeit angelangt zu sein. Deshalb konnte Maxim auch jene Typen nicht leiden, denen es Vergnügen bereitete, in Schlangen herumzustehen.

Aber wie kommst du zurecht, Maxim? Ganz einfach, sagt er. Wenn alle Welt Fleisch kauft, kaufe ich Nutria. Wenn alle Welt Nutria kauft, sammle ich Schnecken.
Maxim Ionesco hatte das Lyzeum absolviert. Hatte sich qualifiziert. Was schon recht viel bedeutete. Ein Mann mit gelerntem Beruf. Und der richtige Beruf, das weiß jedermann, hat goldenen Boden. Und er hatte auch zusätzliche Qualifikationsstufen erreicht, Kategorien. Was noch besser war. Die Kategorien brachten neben einem Mehrbetrag an Geld auch ein Mehr an Sicherheit im Leben. Das heißt, selbst wenn man mit dem Vorschlaghammer zurückschlägt oder an der Säge steht, tut man es mit Qualifikation. Und ist nicht verpflichtet, dahin zurückzukehren, woher man gekommen ist.
Maxim arbeitete seit einigen Jahren auf der Baustelle. Und Gott weiß allein, warum er dies tat. Denn er hätte viele andere Dinge tun können. Gott allein weiß das, und mit ihm viele andere. Denn nicht alle sind Idioten. Oder Opportunisten.
Auf der Baustelle arbeiten allerlei Menschen. Und man wunderte sich niemals, wenn man einem Kollegen begegnete, der ehemals Verkäufer in einem Lebensmittelladen gewesen ist. Von einem anderen hörte man, dass er nach seiner Begnadigung hier gelandet ist.
Alle auf der Baustelle waren mehr oder weniger freiwillig dort. Und doch gab es auch die Basistruppe. Die Grundsubstanz. Die Aristokratie. Und Maxim, konnte man sagen, gehörte dazu, obzwar er sie „die hochmütigen Bauarbeiter“ nannte. Selbstverständlich gab es für Maxim allerlei hochmütige Leute. Was in

seinen Augen nicht einmal so schlecht war. Maxim wollte damit sagen, dass dies jene Typen mit Familie waren, die nicht mehr zu der sogenannten Gruppe der Unangepassten zu gehören strebten. Sie flüchteten sich in eine Quasifreiheit. Bekamen samstags ihr Geld und bis montags gaben sie es aus. Oder sie kamen so lange nicht zur Arbeit, bis es bis zum letzten Heller versoffen war. Jene Typen, die ihre Kinder in Akkordeonstunden schickten, wenn sie irgendwo Radiergummispuren fanden, selbst wenn sie von Mengenlehre z.B. noch nie etwas gehört hatten.

Maxim Ionescu dachte über diese Dinge nach, während ihn seine Schritte zur Baracke hinführten. Er hatte den Gedanken aufgegeben, nach Hause zu gehen. Das Gefühl der Vergeblichkeit hatte ihn plötzlich gepackt. Akuter Stumpfsinn bedrückte ihn, durchströmte seine Adern. Keinerlei Entschlusskraft. Lediglich seine Schritte lenkten ihn zur Baracke hin. Für kurze Zeit kam ihm das Gefühl der Leichtigkeit wieder in den Sinn. Jetzt aber war er dermaßen erschöpft, dass die Leichtigkeit nichts anderes war, als eine gewaltige Erschöpfung, die sich in seinem Körper eingenistet hatte, ihn beinahe über die eigenen Beine stolpern ließ und eine Leere in der Magengrube verursachte.

Ungeduldig schloss er die Baracke auf und warf sich auf das Eisenbett, das, man wusste nicht seit wann und woher – möglicherweise bei einem Abbruch – in den Besitzstand der Baracke übernommen worden war und überallhin mitgenommen wurde. Wo man Wohnblocks baute und Häuser abriss.

Maxim war ein Mann in der Blüte seiner Jahre, mit

einem prächtigen Schnurrbart, den er immer wieder unkontrolliert mit den Fingern zurechtzupfte, wenn er ein grundlegendes Problem zu bedenken hatte. Sympathisch wirkte Maxim allerdings erst dann, wenn es einem gelang, ihn näher kennenzulernen. Dem Anschein nach sah er verstockt aus, verschwiegen und immer in der Defensive. Eines konnte Maxim Ionescu überhaupt nicht ertragen. Wenn man ihm auf die Hühneraugen trat oder ihn an der Nase herumführte. Was eigentlich zwei Dinge sind, wenn wir es uns recht überlegen. Obwohl er behauptete, es sei ein und dasselbe. Deshalb hatte er auch kaum gute kollegiale Verhältnisse außerhalb der Arbeitsstunden, von wenigen Ausnahmen abgesehen. Nur mit der Aristokratie. Und dies auch nur wegen einer besonderen Art der Geselligkeit. Denn Maxim war auf seine Weise ein schelmischer Typ. Ich rede nicht davon, dass er eine Nervensäge zur Frau hatte, die ihm keine Verspätungen verzieh, kein Besäufnis oder dergleichen. Und die mit Maxim der Meinung war, die Emanzipation der Frau sei eine reale und wichtige Angelegenheit. Und da sie außerdem der Vorstellung anhing, die Frau wisse schon, was sie wisse und verdiene es, gehört zu werden, machte sie nur selten einen Fehltritt. Aus innerem Antrieb, den sie nicht unterdrücken konnte und dem sie sich letztlich ohne Vorbehalte aussetzte.

Maxim Ionescu stand nicht unter dem Pantoffel seiner Frau, wie man fälschlicherweise schlussfolgern könnte. Und trotzdem, wenn er einmal über die Stränge geschlagen hatte, kehrte er mit dem Wunsch heim, sich zu bessern. Sich in jeder Hinsicht so schnell wie möglich wieder auf den rechten Weg zu bringen. Seine Frau wusch ihm die Rübe, um in seinem Vokabular zu verbleiben, und alles weitere geschah auf beinahe ritualisierte Weise. Maxim büßte geduldig und hatte nur den einen Wunsch, nämlich so schnell wie möglich ins Bett zu kommen und von dort aus in die verwickeltsten und buntesten Träume. Gewiss, manchmal war es viel schlimmer. Wenn er träumte, wieder beim Militär zu sein, bei der Marine. Zwei Jahre fortwährenden Schaukelns auf einem elenden Dampfer. Dann endete der Traum jeweils beim Wasserziehen nach einem kräftigen Kotzen. Der Gestank hätte selbst den stärksten Stier zu Boden gezwungen. Ende gut, alles gut, sagte sich dann Freund Maxim, der im Lyzeum noch Unterricht in Geschichte der Weltliteratur genossen hatte. Und nachdem er seine Garderobe wieder in Ordnung gebracht hatte, versuchte er, so würdig wie möglich die Toilette zu verlassen.

Es war offensichtlich, dass sich je nach der tagsüber angehäuften Müdigkeit, den von den Kindern aufgeputschten Nerven und aus anderen Gründen in Maxims Familie entweder ein heftiger Wirbelsturm oder aber lediglich eine schwächliche harmlose Brise entfachte. Ja manchmal, eher selten, es stimmt schon, da hatte Maxims Frau auch Sinn für Humor und überging großzügig die Schwächen ihres Mannes. Sicher hatte auch Maxim einiges, was er bei seiner Frau übersehen konnte, so dass sie auf diese Weise mitunter ein perfektes Paar abgaben.

Maxim lag ausgestreckt auf dem Bett in der Baracke und versuchte zu schlafen. Die Erschöpfung legte sich.

Irgendwo weit weg gellte etwas, das ihn aufregte. Er merkte, dass er beunruhigt war, ohne zu wissen, warum. Irgendwo weit weg in ihm.
Seine Schlaffheit schwamm auf der Oberfläche. Ti-tititit. Wie ein Telefon. Besetzt. Ti-ti-ti-tit.

Der Kran ließ die Fassade auf die Betondecke herab. Ein erfahrener Kranführer. Seit zwei Jahren arbeitete er in ihrer Mannschaft. Auf dem Fußboden des siebenten Stockwerkes kauernd, schlug Maxim mit dem Vorschlaghammer ein Loch in den zukünftigen Balkon. Der Kranführer senkte das Fassadenteil auf den Fußboden herab und versuchte dabei, die unten Arbeitenden bei ihren Bemühungen, das Teil richtig einzupassen, zu unterstützen. Maxim war in seinem Winkel nicht zu sehen. Auf dem Nachbarbalkon stieß jemand einen gellenden Angstschrei aus. Und Maxim wandte den Kopf im gleichen Augenblick, da die Fassade ihn aus ihrem Weg fegen wollte. Ihn aus dem Leben fegen wollte. Jemand schrie und gestikulierte verzweifelt. Aus seinem Blickwinkel konnte der Kranführer Maxim nicht sehen. Sah ihn einfach nicht. Der Kranführer befand sich hoch oben. Oben im Führerhäuschen des Krans. Der erschreckte Schrei des Arbeiters konnte nicht bis zu ihm hin durchdringen. Bloß die verzweifelten Gesten der Männer ließen ihn anhalten. Die Fassade anhalten. Genau in dem Augenblick, da Maxim noch die Kraft hatte, darüber nachzudenken, ob es besser wäre zu springen oder sich in die tiefe Leere unter ihm stoßen zu lassen.

Schweißtriefend und mit zitternden Beinen erwachte Maxim aus diesem Traum. Und er freute sich, am Leben zu sein. Auch diesmal war er entkommen. Es stimmte. Und er betete, damit der Krug seinem sprichwörtlichen Schicksal entrinnt. Ich bin noch einmal davongekommen. Das hatte er auch damals gesagt. Worauf er durch das Fenster der Fassade gesprungen war und sich zitternd auf einen umgedrehten Eimer gesetzt hatte. Auch diesmal bin ich davongekommen. Der Chef der Einheit hatte die Arbeit anhalten lassen und einen ausgegeben. Ein Arbeitsunfall war haarscharf vermieden worden. Maxim war mit dem Leben davongekommen. Der Kranführer mit seiner Freiheit. Jeder war irgendwie davongekommen.

Während er versuchte, seine zitternden Beine zu beherrschen, erfasste ihn wieder dieses Gefühl der Entspanntheit. Und er zündete sich rasch eine Zigarette an. Bei dieser Dunkelheit war das glühende Ende der Zigarette etwas Irreales. Ein Leuchtturm auf dem Meer in stürmischem Nebeldunst.

Das Bett in der Baracke war überladen mit Arbeitsanzügen, Pullovern, wattierten Jacken, Strümpfen und Socken und allerlei anderem Kram. Maxim ordnete es, faltete die Kleidungsstücke und machte sich daraus eine Matratze zurecht, auf der es allerdings nicht ganz einfach war zu schlafen. Ständig rückte er dahin und dorthin, wälzte sich von einer Seite auf die andere, suchte die richtige Lage. Währenddessen hörte man draußen jemanden herumtappen. An den Baracken. Maxim spitzte die Ohren. Der Nachtwächter. Keine Rede. Denn plötzlich ging die Tür auf und Maxims

Dösen war beendet. Gezwungen, die Anwesenheit eines Unbekannten wahrzunehmen, versetzte er ihm einen Faustschlag in die Magengegend. Worauf er ihn fragte. Was willst du hier? Der Unbekannte hatte sich bemüht, nicht ohnmächtig zu werden: Einen Schnaps trinken. Maxim schaltete das Licht ein. Der Unbekannte schnellte mit einer Hand auf ihn zu. In der Hand glänzte ein Messer. Maxim war stark. Maxim war ein Bär. Er wich aus. Es ist paradox, Bären sind sehr wendig. Wieder wich er aus. Und dann? Sie kämpften und kämpften. Kaum zu glauben. Maxim hypnotisierte seinen Gegner. Fixierte ihn mit dem Blick. Und gleichzeitig fixierte er die Hand, in der das Messer blitzte.
Ich habe dich gefragt, was du willst. Sagte Maxim mit eisiger Ruhe. Was willst du. Wiederholte er. Betonte die Wörter. Der Unbekannte wurde weich, unterwürfig wie ein Kuhfladen. Maxim hätte ihn mühelos zertreten können. Aber er sagte. Warum zum Teufel nimmst du dann nicht die Flasche heraus. Der Unbekannte fügte sich blind. Das Messer war eine Art Taschenmesser. Er wischte die Klinge mit dem Handrücken ab, tat so, als wäre er ein friedlicher Mensch, der Speck isst. Speck mit Zwiebeln und frischem Brot. In Gedanken bekam Maxim Hunger. Ja er wurde tatsächlich hungrig.
Eine Weile tranken sie schweigend. Der Unbekannte trank aus der Flasche. Maxim aus einem Senfglas. Die Ausstattung der Baracke. Still tranken sie vor sich hin. Und jeder hatte das Gefühl, den anderen vor etwas bewahrt zu haben.
Der Unbekannte saß auf einem Schemel, hielt den Kopf zwischen den Handflächen und sog an der Flasche.

Dann stellte er die Flasche beiseite und nahm seine frühere Haltung wieder ein. Maxim kostete es aus. Wann bist du rausgekommen, fragte er. Vorgestern, antwortete der andere. Suchst du Arbeit? Nee, nee, ich habe. Hab, sagte er noch. Zentimeterlanger Bürstenhaarschnitt. Auch er zündete sich eine Zigarette an. Und fügte gedankenverloren hinzu, ich habe, hab was. Aber ich mag nicht arbeiten. Da lag so viel Offenheit in diesem Satz, dass keinerlei Moral mehr mitkam.

In der Baracke machte sich Entspannung breit. Maxim fand, er bräuchte nicht mehr zu fragen. Der Kopf mit dem Bürstenhaarschnitt lag in den Handflächen. Dann bäumte er sich auf. Sieben Jahre haben sie mir verpasst. Ein Ächzen war zu hören. Maxim schwieg. Ich hab einen abgestochen. Und der Clou an der Geschichte ist, dass ich mich in legitimer Selbstverteidigung befand. Ich hab es ihm so lange gegeben, bis er genug hatte. Aber er ist trotzdem nicht krepiert. Doch ich krieg ihn noch. Seine Augen und seine Zähne glänzten. Und seine Stimme krächzte aufgebracht. Die Luft begann zu vibrieren. Maxim blieb bei seinem Schweigen. Ich werde ihn abstechen. Sieben Jahre hab ich gesessen. Und ich will wissen, warum. Irgendjemanden werde ich doch noch abstechen. Damit ich wenigstens weiß, warum. Hörst du? Maxim hörte. Aber er verstand nicht. Der Sträfling stand auf und begann, in der Baracke auf und ab zu gehen. Genauer, er versuchte es. Dann gab er es auf. Und setzte sich wütend. Sieh her, so werde ich ihn abstechen. Zu Hackfleisch verarbeiten. Maxim verstand aber auch diesmal nicht. Ja er war kurz davor, in Gelächter aus-

zubrechen, denn die Strafe Stefan des Großen, des Fürsten, für Vergewaltiger war ihm eingefallen … man schnitt ihn klein und fütterte damit die Enten.
Der Sträfling sah Maxim zornig an. Der aber überprüfte seine Haltung. Eine solch große Unerbittlichkeit verlangte, respektiert zu werden. Der Sträfling starrte ihn an. Maxim aber bezwang seinen Blick. Beherrschte ihn. Er hätte alles verlieren können.
Sieh, so werde ich ihn zerhacken. Der Sträfling überzog. Und was sagt deine Mutter dazu? Maxim spielte die gefühlige Saite. Nichts sagt sie mehr, sie ist tot. Besser für sie. Besser, akzeptierte Maxim und hatte vermutlich etwas anderes im Sinn.
Dann wurde es still. Und die Luft setzte sich wieder in ruhigen Schichten ab. Der Sträfling kaute auf seinen Nägeln herum, während seine Augen von der Ruhe ringsum erfasst wurden.
Eine trügerische Ruhe. Denn kurz darauf platzte es aus ihm heraus. Meine Mutter. Die tat so heilig. Ich möchte schon gerne wissen, was in ihrem Kopf vorging. So heilig sie auch tat, sie musste doch sterben. Was ist also das Geheimnis.
Maxim pflichtete bei, es gab kein Geheimnis. Alle Welt stirbt. Aus dem einen Grund oder dem anderen. Und trotzdem, auch diesmal hatten die beiden Männer nicht die gleiche Wellenlänge.
Nun, siehst du, begann der Sträfling wieder. Nun, siehst du, immer ist es das Gleiche. Aber auch ich hätte gerne die Wahrheit gewusst.
Welche Wahrheit, Maxim insistierte nicht. Sie hatten die Flasche geleert. Der Sträfling schleuderte sie zu

Boden. Maxim gefiel dies nicht. Es war ein falsches Sich-gehen-lassen. Sie waren noch nicht besoffen. Er fegte die Scherben zusammen und warf sie hinaus. Wobei er sah, dass soeben der Tag anzubrechen begann.

Wohin, fragte Maxim und zog den Mantel an. Der Sträfling sah sich gezwungen aufzustehen. Irgendwohin, da irgendwo. Ich geh mich mit einem Bier aufrichten. Dann wer'n wir weitersehn.

Maxim schloss die Baracke ab und legte den Schlüssel ins Versteck. Ich will dich hier nicht noch einmal erwischen, fügte er noch hinzu. Der Sträfling aber verfolgte jede seiner Handbewegungen. Und sagte nichts dazu. Maxim hatte sich Respekt verschafft.

Geh mit Gott, sagte Maxim. Und ging in die entgegengesetzte Richtung.

In eine ihm unbekannte Richtung. Eine fremde Angst kroch in ihm hoch. Eine Angst und eine Art Sehnsucht nach seiner Familie. Als könnte sein Fehlen zu Hause ein Unglück verursachen.

Maxim Ionescu verließ die Baracke an einem Frühlingstag. Das war die Wahrheit, selbst wenn der Frühling noch fern war. Die Luft, der Geruch, der Himmel, alles hatte sich über Nacht verändert. Und während er weiterging, festigte sich der Frühlingsmorgen immer mehr. Maxim Ionescu war wie betäubt. Von der Luft, der Schläfrigkeit, den Ereignissen. Er war verwirrt.

Er ging ins Leere. Das heißt, einfach so. Ging und sperrte den Mund auf und die Augen. Ohne was zu sehen.

Maxims Frau hatte sich selbst eine Abtreibung eingeleitet. Man kann nicht alle Kinder aufziehen, die man bekommen kann. Leider. Maxim hasste das. Auch die Notwendigkeit, es zu tun. Auch die Pflicht, es zu tun. Auch das Verbot, es zu tun. Eigentlich war Maxim nur außerordentlich erschrocken. Ein Kind kann man wohl machen, aber eine Mutter für die Kinder nicht – die Redeweise seines Arbeitskollegen. Dorneanu. Und während er so die Straße hinab ging, musste er ausspucken. Er merkte, dass er sich davor fürchtete, nach Hause zu gehen. Eine rätselhafte Angst. Und er ließ seine Füße denken.

Ging am Restaurant *Freundschaft* vorbei. Merkte es aber nicht. Und immer so weitergehend und herumgaffend ohne was zu sehen, gelangte er auf den Hügel der Mitropolie. Dies war vielleicht der einzige Ort in Bukarest, der ihm tatsächlich gefiel. Er ging langsam und betrachtete die zarten und feuchten Grasbüschel, die sich zusammengedrängt zwischen den Steinen am Rande des Gehsteigs hervorwagten. Ein Lüftchen wehte spanische Akkorde, die dem Geschmack der Touristen angepasst worden waren, bis zu ihm herüber. Auf dem Mitropolieberg hörte man Musik. *Granada querridas mujeres de sangre y de flor.* Dies verstand auch Maxim. Worauf der Typ wohl die Platte wechselte, jedoch in den mediterranen Regionen verblieb. *Volare, oh-oh. Cantare, oh-oh-oh-ho. Lets fly, just like birds in the sky, volare, oho-ho-ho, e cantare, oho-ho-ho, e cominciaro a volare nel cielo infinito.* Maxim setzte sich auf die Brüstung eines Zaunes und erlebte auf die zärtlichste Weise all seine Jugendtage noch einmal. Ohne Rock. Ohne Beatles. Jene Provinzjugend. In der die äußerste Emanzipation aus melodiösen exotischen Klängen bestand. *Ce ci bon de partir n'importe ou.* Denn exotisch war alles, was durch den eisernen Vorhang der Langeweile drang. *Merci cheri*, für die Stunden, Adieu. Und an jenem Morgen empfand Maxim schmerzhaft, wie der Frühling, der sich eben durch die Klauen des Schnees schlängelte, ihm etwas sehr Eigenes raubte, etwas Eigenes und Teures. Das nicht zu benennen war. Nicht zu prüfen. Als tropfte daraus etwas hervor. Irgendwo. Und dieses Tropfen wäre unumkehrbar. Und es entleerte sich. Entledigte sich einer schönen Sache. Und nichts als Traurigkeit bliebe zurück. Traurigkeit und Elend. Aber dieses Letzteren war er sich noch nicht bewusst geworden.

An jenem Morgen schien ihm der Himmel klarer als die Klarheit selber. Diesen Vergleich hatte Maxim sich offenbar aufgrund des unerwarteten Frühlingsanbruchs ausgedacht.

Und seine Traurigkeit war wie weggewischt. Wie verändert. Gelindert. Aber diese Worte haben nichts damit zu tun, was mit Maxim geschah. Wobei bessere sich nicht finden lassen.

Maxim war Waise. Insofern man solches von einer Person sagen kann, die in der Blüte des Lebens steht. Aber an jenem Morgen war er erst recht Waise. Die Jugendlichkeit, die Grashalme, die aus der Feuchtigkeit des weggeschmolzenen Schnees sprossen, die Klarheit, all dies führte dazu, dass er sich so fühlte.

Maxim Ionescu erhob sich von der Zaunbrüstung und ging wie ein Seiltänzer die Randeinfassung des Bürgersteigs entlang. Er war derart verwaist, nicht einmal zu bemerken, dass der Frühling auf dem Mitropoliehügel viel realer war als anderswo in der Stadt. Er merkte nicht, dass der Geruch der Luft an Schärfe verloren hatte. Dass die Lüfte, frühjahrsmüde von erster Sonnenwärme wie eine wiedererwachte Fliege, irgendwo tief unten dahinflossen, über den Köpfen der Menschen. Während Maxim völlig sinnlos durch die Welt trieb. Er fühlte sich wie ein Blatt vom vergangenen Jahr. Und dies bekam ihm sehr schlecht.

Maxim liebte seine Frau. Oder, anders gesagt, er verfügte über das, was man einen glücklichen Hausstand nennt. Aber selbstverständlich hatte dies nichts damit zu tun, was er an jenem Frühlingsmorgen empfand. Unumkehrbar trieb er auf den melodischen Nachklängen einer Provinzjugend dahin. Blutend wie ein verletzter Stier. Granada und all das Übrige. Und alles Übrige.

Und während er sich immer tiefer in sich hineinbohrte, fand Maxim letztlich nichts anderes mehr in sich als den Verpflichtungsmenschen. Der täglichen Pflichten. Der grausamen Müdigkeit des Müssens. Des Müssens. Und Wiedermüssens. Von morgens bis abends. Und von abends bis morgens. Denn in seinem Leben lief letztlich alles auf das Müssen hinaus. Unvermittelt packte ihn die Wut. Und die Freude. Und allerlei andere widerstrebende Gefühlsregungen. Die Freude darüber, an diesem Morgen ein neues Leben zu beginnen. Unter dem Impuls der Preisgabe. Der Weigerung, sich jenem erbärmlichen Wort zu unterwerfen, das ihm den Rücken gekrümmt hatte, das ihm Schwielen an Verstand, Händen und Gefühlen gestampft hatte. Und an allem, was in einem Menschen schön sein kann. Allem, das einen Menschen ausmachen kann. An all den, was den Menschen vom Lasttier unterschied.

Längst war er über den Mitropolieberg hinausgelangt. Aber in seinem Kopf sang jemand: Volare, volare. Nel cielo infinito. Maxim hatte seine Kindheit in einer Kleinstadt an der Grenze verbracht. So dass diese Zeilen sich in sein Gedächtnis einprägten. Und mit ihnen nahm er das Wort Sehnsucht zur Kenntnis. Eine ungeheure Sehnsucht nach dem Partir n'importe ou. Die sich, je näher er der Innenstadt kam, in dem Wunsch konkretisierte, Urlaub zu machen. Fünfzehn Tage am Meer. Oder sechzehn, je nachdem, wie viele Dienstjahre er mittlerweile hatte. Auf den weiten sonnigen Sandstränden des Schwarzen Meeres. Nein. Auch dies nicht, oder – so nicht. Der arme Maxim wollte tatsächlich etwas. Das war klar. Wünschte sich etwas. Und zwar mit stetig wachsender Begierde. Wünschte sich ein Haus mit Hof und Garten. Oh nein! Oh doch! Auch das. Das heißt, wie soll ich's erklären. Er jedenfalls hätte das gesagt. Nur so wenig will ich haben. So wenig. Eigentlich war Maxim an dem Punkt angelangt, da. Er war in dem Alter. Er war in die Situation geraten. Wo er alles wollte. Er war mit seiner Geduld am Ende.

Piața Uniri weckte ihn eine wahre Sinuskurve von Duft aus seinen Träumen. Eine sehr gut gekleidete Frau war an ihm vorbeigegangen. Vor seinem inneren Auge sah Maxim die immer wieder geflickten Stiefel seiner Frau. Er schämte sich. Kinder gingen schreiend und Bananen essend an ihm vorbei. Er schämte sich wieder.

Ohne das Kindergeld war er ein toter Mann. Und er dachte an einige weitere Dinge. Und jedes Mal schämte er sich mehr. Seine Frau hatte die ganze Nacht über nicht geschlafen, war immer nur in der Einzimmerwohnung auf und ab gegangen. Drei Schritte dahin, drei dorthin. Hatte sie mit ihren Gedanken durchmessen. Mit ihrer Angst. Hatte den Schlaf ihrer Kinder in den Etagenbetten behütet und sie vor der ungesunden Feuchtigkeit beschützt. Vor dem blühenden Schimmel an Wänden und Decke. Kondenswasser. Was heißt hier Kondens. Ihre gesamte Existenz war kondensiert, der Verdichtung unterworfen, eingeengt, darauf angewiesen, sich zu beschränken. Und der Kerl grölte immerzu von Volare und Infinito.
Doch Maxim verging auch die Scham. Und ein Zartgefühl erfasste ihn. Der siebenundachtziger Bus hielt an der Haltestelle. Er stieg ein und, es war der Gipfel, er fand einen leeren Sitzplatz. Die Aussicht, nach Hause zu gelangen, ließ ihn zufriedener und zufriedener werden. So zufrieden, dass ihn der Schlaf packte. Einmal wachte er auf, als der Bus in Höhe eines Fensters hielt, das zu Dreivierteln angestrichen war. Maxim glaubte zu träumen. Und nickte, den Kopf auf die Lehne des Vordersitzes gestützt, wieder ein.
Himmel, Arsch und Zwirn, was tust du hier, dass du nicht aussteigst, weckte ihn jemand, indem er ihn anstieß. Der Bus war an der Endstation angekommen. An einer Endstation. War irgendwo angekommen. Und Maxim beschloss auszusteigen.

Das Abenteuer

Maria-Maria rauchte spät in der Nacht. In der scheinbaren Stille des Campingplatzes. Mit vermeintlicher innerer Ruhe. In totaler Scheinbarkeit. Eine Katze schlich am Zelt vorbei. Als wären wir zu Hause. Sagte sie sich. Und erinnerte sich an den Müll vor ihrem Fenster, in dem es von Katzen und Ratten wimmelte. In unverbrüchlicher Freundschaft. Durchwühlten sie den Müll. Eine Küchenschabe kroch ihr über die Hand. Musikalisch untermalt von drei Diskotheken. *I am sailing, Hai acasă* und *La vie est un cadeau.* Was zur Vervollständigung der Erinnerungen führte.

Maria-Maria schleppte sich durch diesen wildgewordenen Sommer. Turbulent. Verregnet und stürmisch. Schleppte ein Rudel unglaublich wohlgenährter Kinder hinter sich her. Und dies unter den derzeitigen Bedingungen. La-la-lah-lah laaa. Ti-ti-ti-tit. Wie schmalzig dieser Blues in die kaum mit Sternen bespritzte Nacht floss. Sehnsucht nach Glück erfasste sie. Als ziehe das Glück wie ein Fluß dahin. Jenseits des Campingplatzes. Während sie in ihrem Zelt eingesperrt ist. In Windeln und Kochtöpfen. Und vor allem in ihrem mütterlichen Pflichtgefühl. Im Verantwortungsgefühl der Ehefrau. Und einer integren Person.

Mit allen Geräuschen. Yh-ha-hen. Hua-Ji-pen. Ein japanischer Film. Auf den Bildschirmen der Auto-Touristen. Süchtig nach falschen Wahrheiten. Mit allen

Geräuschen aus den Diskotheken. Aus den Kassettenrecordern. *Flieg, Vöglein flieg; O sole mio.* Auf dem Campingplatz herrscht scheinbare Gelassenheit. Ruhe. Die Polen, die Serben, sind auf der anderen Seite. Dort schließt man seine Geschäfte ab. *Nema* dies. *Nema* das. Nun, was solls. Wir sind das *Nema* gewohnt.
Hier aber ist es ruhig. Wir untereinander treiben keinen Handel. Haben keine *business-affairs* miteinander. Die Kinder schlafen. Und Maria-Maria raucht eine lange Zigarette. Carpaţi ohne Filter. Doch sie stellt sie sich *superlong* vor. Feiner Tabak. Trocken. Ohne Holzstücke. Und richtig würzig. Von wegen! Scheiße am Stiel. Sagt sie und zupft ein Endchen Hanfgarn aus dem Stummel. Gerade beginnt das Spätjournal. Und man kann hören, wie sehr man uns für dies und für jenes in einem bestimmten Land der Dritten Welt schätzt. Was Maria-Maria mit Respekt erfüllt. Und sie das Garn vergessen lässt. Sie versucht sich auszumalen, dass sie sich eine neue superlange Zigarette ansteckt. Wie es gewiss auch die Raucher jenes Dritte-Welt-Landes tun. Maria-Maria weiß kaum etwas über das Land. Bloß, dass es zu den unterentwickelten Ländern gehört. Wahrscheinlich sind sie zu uns betteln gekommen. Denkt sie im Stillen. Und fragt sich sogleich, ob so etwas überhaupt noch möglich ist. Doch sie verwirft den Gedanken wieder, ein niedriger Gedanke. Und freut sich über die Maßen, als *Hora Uniri*, das Einheitslied ertönt.
Das Wetter am Schwarzen Meer, erfuhr sie, sei gut. Und werde ständig verbessert. Das schmeichelte dem Ohr ganz besonders. Und nicht nur dem Ohr. Denn

Maria-Maria hatte den unaufhörlichen Regen satt. An der Meeresküste Regen – das anzukündigen wäre politisch falsch gewesen. Das hätte bedeutet, es werden falsche Richtlinien ausgegeben. Oder die Vorschriften sind missachtet worden. Worte von vertrautem Gleichklang. Wenn sie sie aussprach, verstand sie ihren Sinn nicht mehr.
Dein Mund spricht ohne dich, Maria-Maria. Schalt sie sich. Und schnippte die Asche ihrer Zigarette zum Türspalt des Zeltes hinaus.
Der Sack hat die Eigenschaft, die Wärme zu speichern. Sagte jemand, der am Zelt vorbeiging. Maria-Maria verzehrte sich nach diesem halbgebildeten Konversationsstil.
Die Diskotheken übertrafen sich gegenseitig mit ihrem Krach. Nun folgte das Lied *Der Kommissar*. Was ihr umso mehr auf die Nerven ging, als dieses verdammte Repertoire sich ebenso wenig veränderte wie das Spätjournal.
Allerdings gab es da auch einen Blues, der ihr immer noch zu Herzen ging. Man konnte zwar kaum etwas verstehen, aber. Da war von *Harmony* die Rede. *Together. Side by side. Harmony*. Und so. Nun ja, dies regte sie an. Ihr Wohlbefinden. Ihre Schwärmerei. Ihre Selbstvergessenheit. Die Liebe. Das Glück. Sie stellte sich vor, sie tanzte in einem weißen luftigen Kleid. Es würde von einem weißen Gürtel zusammengefasst. *Side by side in harmony*. Mit glänzenden Haaren. Frisch gewaschen. Duftend. Mit schönen Händen. Nicht zerkratzt. Nicht zerschunden. Ohne die Spuren der Kartoffeln und Möhren. Ohne den Zwiebelgeruch.

Mit schönen, rundgeschnittenen Fingernägeln. Gefeilt. Gefärbt. In einem luftigen Kleid. Mit eleganten Sandalen. Die ihre zarten Knöchel betonten. Die schöne Linie des Fußes. Denn Maria-Maria hatte das, was man eine gute Materiallage nennt. Hochgewachsen. Schlank. Und viele weitere anziehende Dinge ließen sich über sie sagen. Wir unterlassen es aber. Denn Maria-Maria ist Mutter. Trotzdem, ihre Beine waren bemerkenswert. Ihre Gestalt schien zu atmen, Wärme auszustrahlen. Ihr ganzes Wesen pulsierte, schuf Momente fesselnder Intimität. So fing Maria-Maria dich ein, ohne selber davon eine Ahnung zu haben.
Während sie sich das weiße Kleid vorstellte. Die Sandalen. Die Falten ihres Kleides, die beim Tanzen hochgewirbelt würden. Ihr Blick fiel auf ihre jungen, jedoch aufgeplatzten Hände. Ausgetrocknet. Abgearbeitet und ausdrucksvoll. Dann auf ihre schlafenden Kinder. Die Sehnsucht nach dem Glück schmolz in einer Glut dahin, die sich rot auf ihre Wangen legte. Eitelkeit. Eitelkeit. Nichts als Eitelkeit.
Bis in die Spitzen ihrer Fingernägel. In allen Poren. In ihrem gesamten Wesen. Erschauerte Maria-Maria bei dem Gedanken ans Alter. Jeden Tag sagte sie sich, sie sei nicht mehr jung. Und dieses Nicht-mehr fügte sie aus Angst vor der Lächerlichkeit hinzu. Und trotzdem, Maria-Maria war jung. Und weshalb sollte es Eitelkeit bedeuten, wenn man jung war. Und angenehm duftete. Sich wohlfühlte. Glücklich war. Schön schlafen die Kinder. Sind Engelchen. Sieh, wie viele Dinge es gibt, die dich glücklich machen können. Ein richtiges Glück. Glück, wie es sich gehört. Erfülltes Glück. Ein

Glück, das auf die wesentlichen Dinge abzielt. Glück ist nicht vernünftig. Maria-Maria glaubt aber das Gegenteil. Maria-Maria erstickt an so viel Rationalität. Ein neuer Blues war zu hören. Sie hatte das Gefühl, ein Spinnennetz hinter einer Fensterscheibe zu sein. Maria-Maria blickte in den Spiegel. Steckte sich einen Ring an den Finger. Und fühlte sich beinahe wohl. Die Dunkelheit betonte die Länge ihrer Finger. Im nächsten Augenblick dachte sie, dass noch nichts für sie entschieden sei. Alles schien ihr relativ. Selbst das Leben. Sie hatte, nicht wahr, alles erreicht. Alles, was eine Frau sich wünschen kann. Aber Maria-Maria liebte bis zum Umfallen diese Art Sätze, diese Art zu denken. So dass wir in aller Aufrichtigkeit und mit Sicherheit annehmen dürfen, dass ein so verqueres Wesen wie sie unmöglich sein Glück finden kann. Andererseits klingt es geradezu lächerlich, meint Maria-Maria, mit lauter Stimme zu sagen, dass man solche Erwartungen hat. Der Donau-Schwarzmeer-Kanal feiert. Wer weiß, welches Jubiläum. Man hört es durch die Nacht. Irgendjemand hat das organisiert. Es vollbracht. Wie, Sie glauben es nicht? Dass auch das Glück eine pure Eitelkeit ist! Und der berufliche Erfolg. Dann ist alles Eitelkeit. Beschloss Maria-Maria. Und nahm den Ring vom Finger. Der berufliche Erfolg. Nein! Erst die Arbeit hat den Menschen geschaffen. Gleichzeitig fiel Maria-Maria eines der zehn Scherz-Gebote ein. Und ihre Stimmung wurde wieder besser. Erst die Arbeit hat den Menschen geschaffen, sagte sie. Aber der Müßigang hat auch noch keinen umgebracht. Und was ist denn an der Eitelkeit so sündhaft. Herrgott, vieles hatte Maria-Maria sich zu fragen. Allerlei Dinge, von denen man wusste, dass irgendjemand für sie die richtige Antwort festgelegt hatte. Sieh mal, deshalb kommst du nicht voran in deinem Leben, sagte man immer wieder zu ihr.

Den ganzen Tag über schuftete Maria-Maria in der Nähe des Zeltes. Tees über Tees. Mit diesem verseuchten Wasser, von dem man Durchfall bekam. Klar, mit dem Wesen von Maria-Maria stößt du auf viele Dinge, die Durchfall verursachen. Ihr Magen aber, darauf war sie stolz, war robust wie ein Straußenmagen. Die Kinder jedoch mussten vor dem heftigen Zusammenprall mit der Wirklichkeit bewahrt werden. Der Durchfall kann tödlich verlaufen. Die Medikamente sind teurer geworden. Der Tod ebenfalls. Merkwürdig, was ihr so alles durch den Kopf ging. Sterben ist eitel. Jetzt ganz besonders.

Maria-Maria schuftete den ganzen Tag. Am Morgen stehen die Engelchen einer nach dem anderen auf. Vulgär gesprochen pissen und scheißen sie. Und scheißen und pissen. Abwechselnd. Doch was tut eine liebende Mutter nicht alles. Rennt mit dem Nachttopf hin und her. Mit den Windeln. Bis ans andere Ende des Campingplatzes. Doch was tut eine liebende Mutter im Urlaub nicht alles. Denn – oho – welch eine Sünde, jung zu sein. Zarte Knöchel zu haben. Lange und schmale Finger. Und – Herr bewahre – glänzendes Haar. Maria-Maria ist es gewohnt, schuldig zu sein. Schuldig, weil sie Kinder hat. – Denn schließlich habe nicht ich sie dir gemacht. – Schuldig, weil sie nicht mehr Kinder hat. Schuldig, weil sie nicht genug arbeitet. Schuldig, weil sie Anspruch auf eine Wohnung hat. Schuldig, weil sie sich nicht schuldig fühlt. Doch es hat keinen Sinn, die Dinge noch komplizierter zu machen. Diese Jugend ist unzufrieden und erwartet nichts als bloß Rechte zu haben. Nie macht man es ihr recht. Andere arbeiten ein Leben lang. Und erheben trotzdem nicht so viele Ansprüche. So viele Ansprüche. *Ich will. Will immerzu nur Sonnenschein. Und fordere einen heiteren Himmel. Sonnenschein und Frieden.* Den hehren Traum.

Wie schön und lehrreich sind diese großartigen Schlagertexte! Leichte Musik. Schade nur, dass Maria-Maria alles Leichte hasst. Herrgott, welche Qualen musste sie ausstehen, da sie in tiefer Nacht ihre superlange Zigarette rauchte. Eine wilde Lust packte sie, irgendetwas nach dem Kofferradio zu werfen, das sich im Nachbarzelt hemmungslos gehen ließ. Sich brutal in ihre intimen Gedanken einmischte. Aber sie beherrschte sich.

In Maria-Marias Kopf dröhnt es. Ihre scheinbare Gelassenheit ist drauf und dran, flöten zu gehen, U-u-uh-a-a-ah. Pam-pam-pam-pam. Die Diskothek! Nur jemand, der keinen Rhythmus im Blut hat, kann nicht verstehen, was mit Maria-Marias Nerven los ist.

Den ganzen Tag lang schuftet sie. Nur Böswillige können dies Arbeit nennen. Bloß Arbeit. Die kleinen Ferkelchen können sich noch nicht einmal alle auf den Beinen halten. Das nenne ich Vergnügen. Maria-Maria ist die Verkörperung der schmerzensreichen Mutterschaft. Und jeder auf dem Campingplatz empfindet die Notwendigkeit, sie zu bemitleiden. Sie aber hat das Bedürfnis zu fluchen. Eine Wohnung zu haben. Ausreichende Nahrung für die Kinder zu haben. Maria-Maria weiß ohnehin nicht, in welcher Welt sie eigentlich lebt.

Auf den Ellenbogen und Knien kriecht Maria-Maria durch diesen turbulenten Sommer und schleppt ein Rudel unglaublich wohlgenährter Kinder hinter sich her. Und niemand außer ihr hat daran ein Verdienst.

Allmählich schleicht sich Traurigkeit auf den Campingplatz. Wo man das Verb campen erfunden hat. Ob das wohl dem Magen der rumänischen Sprache bekommen wird, fragt sich Maria-Maria allen Ernstes. Bei dieser Tendenz zum Esperanto, meint sie. Bald werden wir alle die gleiche Sprache sprechen. Wir schaffen die Grenzen ab. Und werden alle nach Demokratie lechzen.

Maria-Maria tut so, als merkte sie nicht, dass sie völlig unmoralische Ansichten hat. Sie betrachtet sich als einen nüchternen und vorurteilslosen Menschen. Trotzdem kann ich versichern – ein Vorurteil hat sie in jedem Fall. Sie bemüht sich, integer zu sein. Hierin besteht ein großer Widerspruch. Ja geradezu ein Chaos. Maria-Maria möchte nüchtern, integer, enthusiastisch und glücklich sein. Und das sind Wünsche, die selbstverständlich nicht zusammenpassen.

Nach und nach beruhigten sich die Diskotheken. Und über den Campingplatz senkte sich ein echter Frieden herab. Der nur ab und zu von verspäteten Zechbrüdern unterbrochen wurde. Den Nutznießern der Klänge aus den Diskotheken. Und aus den Spielsalons. Hier wähnen die Leute sich in Las Vegas. Spielautomaten. Geld. Geld. Viel Geld. Möglichst viel Geld

verlieren. Genauso wie in Las Vegas. Alles verkaufen müssen. Selbst sich verkaufen müssen.
Maria-Maria spann. Sie sah die Dinge im ganz Großen. Weltumfassend. Wir leben in einem kleinen und bescheidenen Land. Wir müssen ein würdevolles und stabiles Land sein. Ein entschlossenes Land.
Oh, Las Vegas, the devil saved us from you.
Aus all diesen Grübeleien schreckte sie das Klirren zersplitterter Flaschen auf. Und eine merkwürdige Stimme. Eine besoffene Stimme. Die mit der Nacht haderte. Mit der Stille. He, seht euch diese Enten an. Totgeschossen und fliegen immer noch. Hoch, Maramureşul!
Mais rien ne dure. Maria-Maria fühlte eine Feuerklaue ihr Herz umklammern. Unbezwingbarer Schrecken und Schmerz bei jedem Hustenanfall des Kleinsten. Und sofort erschien alles übrige wieder als Eitelkeit. Seht euch diese Frau an. Schwer getroffen und schleppt sich weiter. Ja sie gibt sogar vor, aufrecht zu gehen. Ein Hoch auf das Leben! Ein Hoch auf das Glück! Ein Hoch auf den Schimmelpilz! Den Rheumatismus! Das Asthma und die Virusentzündung! Und die Seelensklerose!
Maria-Maria fühlte sich erschöpft. Und war erschrocken. ein Herbstblatt fühlte sie sich. Und das weiße luftige verursachte ihr nur noch Bitterkeit in den herabhängenden Mundwinkeln.
Die Zeltplanen erzitterten im Regen. Dann prasselte es herab. Zum Glück war es ein fröhlicher Regen. Maria-Maria war wie eine Teigmasse. Ein Teig, mehr nicht. Und ihre Seele schwebte somnambul über dem

Regen dahin.
Sie zog den Trainingsanzug an. Krempelte die Hosenbeine hoch und verließ das Zelt. Aah! Nein! Das Leben ist herrlich. Der Regen. Oh, ja, der Regen. Platsch! Alles bespritzen, was ihr begegnete, wenigstens in der Einbildung. Und der Regen strömte begeistert und laut nieder. Schwoll an. Wälzte sich über das schlafende Bewusstsein der Menschen. Vergebens. Verquollene Wasseraugen glitten zum Kanal hin und spülten die Angst aus den Zelten. Bescheidene Hütten und Luxusschuppen. Wie im wirklichen Leben.
Im Cosmos-Sommergarten hatten ein paar Dollar für die Verlängerung des Vergnügens gesorgt. Bei gedämpfter Lautstärke. *Side by side. In harmony.* Maria-Maria klatschnass und barfuß. Aus den Wolken gefallen. Setzte sich an einen Tisch und zündete sich eine Zigarette an. Nun ja. In ihrem Inneren breitete sich für einen Augenblick Harmonie aus. Die Harmonie zwischen den Geräuschen innen und dem Geräusch des Regens draußen. Ein Gleichgewicht. Noch glitt ihre Seele schlafwandlerisch dahin. Über dem Regen. Die Lichtspiele. Was sollen wir sagen – alles sah ganz echt aus. Die Lichtreflexe spiegelten Unbeschwertheit vor. Sorglosigkeit. Und Maria-Maria genoss diese Umgebung. Mit dem Kopf voran stürzte sie sich hinein. Mit gesenktem Kopfe. In diese Lüge, erkauft mit einer überteuerten Limonade. Made in Romania. Chemisch konserviert. Synthetisch gefärbt. Mit künstlichem Aroma.
Warum sollten wir uns nicht betrügen lassen. Wenn das Leben schöner aussehen kann. Philosophierte

Maria-Maria. Obwohl, wir wissen nicht, ob sie tatsächlich das dachte. Das Leben kann schöner sein. Sagte sie sich. Und sog an dem Plastikstrohhalm, der wie echt aussah. Damit alles authentisch wäre. Und rustikal. Und modern. Und konkurrenzfähig. Gleichzeitig.
Maria-Maria betrachtete eine organisierte Reisegruppe. Denn alles im Leben musste organisiert werden. Sie betrachtete die im Perinița-Reigen organisierten Touristen. Ein vielsprachiger Perinița-Tanz, inszeniert für unsere ausländischen Partner. Sie hatten die Heiterkeit in der Seele. Das Lachen auf den Lippen. Und die Freiheit in den Taschen. Die Freiheit, am westlichen Hunger zu sterben. Wie die hiesigen Zeitungen schreiben. Wie es das Leben uns zeigt. Die Freiheit, sich zu organisieren. In einem Perinița-Reigen.
Maria-Maria drängte es danach, die Last von ihren Schultern abzuwerfen. Ihr fehlte die Kraft zum Neid. Also wäre es ungerecht anzunehmen, sie habe einen Augenblick der Schwäche gehabt. Lediglich einen Moment der Selbstverständlichkeit. Des Menschlichen. Ob wir wohl ohne Angst so sprechen können? Dem Strohhalm zum Trotz. Atmosphäre zum Trotz, von der wir hoffen, sie möge als rustikal durchgehen?
Maria-Maria zündete sich eine Zigarette an und stellte überhaupt nichts mehr vor. Außer vielleicht, dass es draußen regnete. Die Diskotheken hatten mittlerweile geschlossen. Nur hier bei gedämpfter Lautstärke erhielt eine handvoll Dollar die wachsame Gastfreundschaft aufrecht. Augenzwinkern in Richtung Kulissen. Wir sind ein kleines und bescheidenes Land. Wir müssen.

Fest entschlossen. Der Feind darf die Mechanik des Rustikalen nicht durchschauen. Deshalb organisieren wir Perinița-Tänze. Wir servieren unsere nationale Eigenheit auf dem Tablett. Und hauen all jenen eins auf die Schnauze, die sie selbst entdecken wollen.
In dieser Umgebung war Maria-Maria eine seltsame Erscheinung. Wenn nicht gar volkstümlich. Wohl deshalb wurde sie von einem distinguierten Herrn zur Perinița gebeten. Ihre nassen Füße kamen zu ungeahnten Ehren. Und fesselten für einen Augenblick lang die Aufmerksamkeit der Gesellschaft. Als hätten sie sich selbständig gemacht. Maria-Maria spielte ihre Rolle sehr natürlich. Genau so, wie man es von ihr erwartete. Dann erwählte sie einen genauso distinguierten Herrn. Sie ließ ihn vor ihren nassen Füßen niederknien. Zog sich auf ihren Stuhl zurück Zur synthetischen Limonade. Und ihrer schlafwandlerischen Seele.
Primitiv. Ziemlich primitiv. Steck sie in die Badewanne. Zieh sie hübsch an. Und du hast die tollste Braut, hatte einer der Herren in einer Sprache gesagt, die Maria-Maria verstand. Sie aber empfand eine drängende Lust, mit ihren schlammverdreckten Füßen auf die weißen und weichen Sitze des vor dem Sommergarten geparkten Mercedes zu steigen.
Eines Abends war Maria-Marias Mann in einer Teenagerdiskothek auf dem Campingplatz aufgetaucht, um Maria-Maria an die Brust zu drücken. Auch hier gab es Lichtspiele. Lügen auch hier. Vielleicht aber auch nicht. Den jungen Leuten wird die Hoffnung vorbeugend in abgemessenen Dosierungen verabreicht. Sie haben ein Recht darauf. Sie haben die

Pflicht, zu glauben und zu hoffen. Und das ist nicht lächerlich. Maria-Maria aber hatte sich dort, unter den Elvis-Frisuren und Miniröcken mit Volants und Spitzenbesatz viel besser gefühlt. Unter den zarten und den noch ungeschliffenen Leibern. Bis dahin hatte sie den Jugendlichen keine Beachtung geschenkt. Sie nicht mit so viel Aufmerksamkeit betrachtet. Und Zärtlichkeit. Und Verwunderung. Es war eine Entdeckung, die ihr Freude machte. Und ihr schien, sie habe ein Anrecht darauf, die Hoffnung mit ihnen zu teilen. Das Leben von vorn zu beginnen.

Hier aber, in diesem Garten war alles Mache. Hoffnung und Jugend wurden simuliert. Und die Perinițaküsse waren eine Fälschung. Die Touristen waren Fälschungen. Und ebenso ihr Geld, von dem nichts besser wurde.

Maria-Maria hatte Lust, sich noch eine Zigarette anzuzünden. Doch das Päckchen war leer. Einer der Herren hatte sie aus den Augenwinkeln beobachtet. Er kam heran und bot ihr zuvorkommend eine Superlange an. Lang und parfümiert. Danke, ich rauche nur Filterlose. Sagte sie höflich und korrekt. In seiner Muttersprache.

Ein Gespräch bahnte sich an. Maria-Maria spielte ein defensives Pingpong. Plötzlich durchfuhr sie der Gedanke, die Kleinen könnten aufgewacht sein. Hinaus in den Regen gelaufen sein. Wieder umklammerte die Feuerklaue ihr Herz. Wieder flammte die Röte auf. Schuldröte peitschte ihre Wangen. Sie schnellte vom Stuhl hoch. Stammelte bloß einige Entschuldigungen. Bronchitis. Mandelentzündung. Ihr Schuldgefühl nahm schnell mörderische Ausmaße an. Sie rannte los, durch den entfesselt herabströmenden Regen. Ihr schien, als hielten die Nacht und der Regen sie auf ihrem Weg fest. Als ließen sie sie stolpern. Und das Zelt, in Wirklichkeit keine zwei Schritte entfernt, schien ihr am Ende der Welt zu sein. Eine Weile begleitete sie ein verwundertes Lachen. Hallte in ihren Ohren wider. Ein gewaltiges Grinsen auf dem Bauch des Himmels. Dazu Bilder. Das Bild eines scharfzahnigen und listigen Blitzes. Ich habe mein Schicksal verdient. Schrie sie in Gedanken. Das Glück war zum Greifen nahe. Die Kinder schliefen ruhig. Eingehüllt in Träume.

Fingerübungen

Maria-Maria, welch großer Name. Doch weshalb eigentlich soviel Ironie. Denn ihr mangelte es durchaus an Heiligkeit. Ob man dies Schicksal geahnt hatte? Ob es vorhergesagt worden war? Oder gar beschworen?
Maria-Maria spülte das Geschirr. Groß und schlank. Traurig und spröde. Spült sie in der Küche. Elende chicinetă. Richtig kicsi. Wenn jemand ungarisch spricht: Es bedeutet klein. Und so klingt es auch. Verdammt kicsi diese chicinete. Kitsch. Der Teufel soll all diese kleinen Wohnblockkleinküchen holen, diese Einzimmerappartements der Qualitätsstufe III, deren Import von den sich hinunterentwickelnden Ländern wieder und wieder zurückgewiesen wurde. Ah, wie wir es lieben, die Wörter in die Luft zu werfen. Und sie sollen sich den Kopf zerbrechen. Sie sollen auf die Seite fallen. Sie sollen sich den Hals verdrehen, aber behaupten, dass sie sich das Einfache wünschen, die Ekstase vor dem Perfekten, der runden Sache. Abgeschlossen. Exakt. Gleichgewichtig.
Maria-Marias flinker Verstand spült das Geschirr. In Zusammenarbeit mit den Händen. Jenen langfingrigen, schmalgliedrigen Händen. Ausgetrocknet. Oder ich irre mich. Denn sie kann auch streicheln. Es kann nicht spröde und trocken sein was gewohnt ist, über Rundungen zu gleiten. Über Wangen und Schultern. Über Lenden und anderes. Lang und schmal wie ein

Schwingen. Selbst jetzt, zwischen diesen verdammt fettigen Tellern und Töpfen, auf deren Boden sich das Essen angesetzt hat. Und ein gewaltiger Ekel steigt langsam in Maria-Maria hoch. Ein haarig verfilztes und zugleich glitschiges Knäuel. Ein ungeheurer Ekel. Nur gut, dass es ihrem flinken Verstand gelingt, den Umkreis des Geschirrs schleunigst zu verlassen, dessen Schwerkraft zu überwinden und andere Sphären aufzusuchen.

Maria-Maria hat kleine und feste Brüste. Wie es sich für eine große, schlanke und spröde Frau gehört. Mit einem aufmerksamen Blick könnte man allerdings feststellen, dass diese Brüste doch nicht so ganz zu diesem Körper passen wollen. Denn sie sind, nimmt man's genau, viel größer, als man anzunehmen geneigt ist. Und dies besagt ja auch einiges. Und sei es lediglich, dass sie ihre Kinder gestillt hat. Dies aber löst dann weitere Schlussfolgerungen aus. Also muss doch zumindest eine Spur von Gefühl für die Sprösslinge vermutet werden. Was wiederum die Vorstellung widerlegt, Maria-Maria sei trocken und spröde. Und es mag ja auch bedeuten, dass diese Brüste von zarten Händen gepflegt worden sind.

Im Grunde ist all dies bloß Klatsch. Wer weiß denn schon wirklich etwas über Maria-Maria. Oder über jemand anderen. Über irgendjemanden auf dieser Welt. Wer weiß denn schon etwas über Maria-Maria, die in ihrer trostlosen Kochnische Geschirr spült.

Und wieder einmal müssen wir darauf aufmerksam machen, dass eine Kochnische, wie die von Maria-Maria, so lange nicht trostlos und leer sein kann,

wie Maria-Maria sie bewohnt. Und die paar Küchenschaben. So lange wie die Töpfe und das Geschirr im Schrank und auf den überladenen Wand regalen stehen. Denn wie man es auch drehen und wenden wollte, dort würde man nichts mehr hineinkriegen.
Also. Unsere Bemühungen, das richtige Wort an die richtige Stelle zu setzen. Das genaue Wort. Das genau so schwer wiegt, wie die Sache selber. Scheitern fortwährend. Und wir tun nichts anderes, als die Wörter zu vermehren wie die Maschen auf einer Stricknadel. Jedoch es ist umsonst.
Denn Maria-Maria spült immer noch in ihrer Kochnische Geschirr ab. Und denkt immer noch an die gleichen Dinge. Unabhängig davon, ob wir nun meinen, sie sei spröde oder nicht.
Maria-Maria ist dunkelhäutig und ernst. Vielleicht suggeriert das etwas. Ihr Haar hat sie zu einem Knoten aufgesteckt. Das Profil einer ausgemergelten Madonna.
Maria-Maria hat ein Rudel Kinder. Jahr für Jahr eine neue Schwangerschaft. Jahr für Jahr tauscht sie die Schönheit gegen die Schwangerschaft ein. Wie man so sagt. Obwohl, es gibt Leute, für die Schwangerschaft Schönheit bedeutet.
Maria-Maria spült in aller Stille das Geschirr. Noch nie habe ich einen lächerlicheren Satz als diesen gelesen. Sie spült ab. Und weil sie nicht mit sich selbst spricht, schweigt sie. Von Zelt zu Zelt folgt Ihr Blick den Umrissen ihrer Hände. Jedes Mal wenn sie sie betrachtete, war sie von der jugendlichen Linie dieser Hände gerührt. Als wären sie beim Altern hinter der übrigen Person zurück geblieben. Und diese kurz geschnitte-

nen Fingernägel. Bis auf's Fleisch. Mitunter hatte sie Mitleid mit ihnen. Vergaß, dass es ihre eigene Hände waren. Die langen und wenig fleischigen Finger waren zart geformt. Und während sie mit dem neuen, spülmittelgetränkten Schwamm über einen Blechteller wischte, ein Stück aus dem Familienbesitz, studierte sie den gelblichen Flaum auf der Außenseite der Fingerglieder. Der weiße Fleck auf dem Daumennagel. Der Hinweis auf irgendeinen Mangel. An Vitamin A oder so. Und der Riss im Nagel des Zeigefingers. Zeichen für einen anderen Mangel. Gewiss an Kalzium. Sie wusste das. Und verzieh sich diese Mängel eingedenk der Kinder, die sie geboren hatte. Was wie eine Entschuldigung wirkte.

Oh, was für ein herrlicher Schwamm. Ein Wunderding. Maria-Maria staunte über die Anwendungsmöglichkeiten der modernen Chemie auf der bescheidenen Ebene des Haushaltes. Was für ein zauberhafter Schwamm. Eine Bemerkung, die sie dazu nutzte, ihren Blick erneut auf die rechte Hand zu richten, die mit dem Schwamm gerade auf dem Boden eines Aluminiumtopfes angebrannte Essensreste abschrubbte. Wir führen all diese Einzelheiten an, weil sie für die Charakterisierung Maria-Marias wichtig sein könnten. Etwa in einer Personalakte. Neben den Angaben über Mutter-Vater-Geschwister-Großeltern-Verwandte im Ausland ließe sich hinzufügen: Maria-Maria, zerstreut, bequem, mit sichtlichen Neigungen, sich das Leben einfacher zu machen.

Maria-Maria klagt nicht darüber, dass es schwer sei, mit so vielen Kindern. Aber sie wundert sich über die

Hand, die den Schwamm fest umklammert. Sie ist erstaunt darüber, wie über etwas Fremdes. Die Kinder haben ihre Spuren auf ihrer Hand hinterlassen. Und dies erstaunt sie nicht nur, es ärgert sie. Obwohl, das Wort ärgern vielleicht etwas übertrieben ist, wenn wir von Maria-Maria sprechen. Es stört sie. Vielleicht müssten wir uns bloß eine Spur schärfer ausdrücken. Aber es geht nicht. Und daran ist nicht die Sprache schuld. Etwa ihr Mangel an Elastizität. Sondern unsere unzureichende Wendigkeit.
Während sie den Aluminiumtopf spült und ein kräftiger Wasserstrahl in den Topf schießt, der nach allen Seiten hin Wassertropfen versprüht, nach rechts und nach links, aber auch in die Richtung anderer feststehender Redewendungen und Begriffe. Also, während die Tropfen in alle Richtungen sprühen. An allen Dingen haften bleiben und dann träge abfließen. Übrigens auch von ihren Händen. Hat Maria-Maria die Hände ihrer Mutter vor Augen, wie sie einen Aluminiumtopf abwaschen. Und sie erkennt sie wieder. An diesem Tag deutlicher als jemals sonst. Sieht die Entschlossenheit dieser Hände. Und erschrickt über das Tempo, mit dem die Zeit vergeht, und über die Spuren, die sie auf dem Gesicht der Welt hinterlässt.
Und weil die Hände zu den wenigen Dingen gehörten, die ihr wichtig waren, beschloss sie, sie nach dem Spülen einzucremen.
Sie betrachtete den Geschirrstapel im Spülbecken und äußerte ihre Gefühle durch eine unmerkliche Grimasse und einen Seufzer. Nicht um alles in der Welt konnte sie dem Geschirrspülen etwas abgewin-

nen. Und wünschte, in jener potentiellen Personalakte würde neben allem anderen noch vermerkt: Maria-Maria, zerstreut-bequem-praktisch veranlagt, eifrige Verbraucherin der Fertiggerichte und von Einweggeschirr.
Maria-Maria hasste das Geschirrspülen aus tiefster Seele. Was Sie möglicherweise überrascht. Obwohl eine Umfrage für die Fernsehsendung *Aufrichtigkeit kann Ihre Ehemänner* schockieren ergeben hat, dass viele Frauen nicht nur das Geschirrspülen hassen. Sondern alles, was zum Begriff Haushalt gehört.
So gesehen, könnten wir in Maria-Maria das perfekte Abbild einer Märtyrerin vor Augen haben. Morgens erbebte ihr gesamtes Wesen, bis in die letzten Winkel ihrer selbst. Wenn ein neuer Tag begann. Nachdem sie sich lange die Augen gerieben hatte. Sie streckte sich und hätte sich am liebsten gleich auf die andere Seite gedreht. Bei allem Respekt für Anfänge. Sie erzitterte. Bis in die letzte Faser ihres Leibes. Und wir können nicht mit Gewissheit sagen, auf welchen Bahnen das Grauen und die anderen heftigen Gefühle durch die Fasern ihres Körpers glitten. Durch die Adern möglicherweise. Durch die Poren traten sie aus. Denn ihre Haut, ihre ganze Gestalt war getränkt von einem dichten und sanften Widerwillen. Einem wie abwesenden Widerwillen. Einem mechanischen Überdruss, könnte man sagen.
Manchmal versuchte sie, das Leben hereinzulegen. Den Tag zu hintergehen. Doch die Stille des Zimmers zersprang. Und aus dem obersten Etagenbett stürzten Geräusche auf Maria-Marias Kopf herab wie Felsbro-

cken von einem Berggipfel. Sie stand unmittelbar aus dem Schlaf heraus auf. Ohne jede Zwischenphase. Ja wir wagen zu behaupten, sie sprang noch vor dem Aufwachen aus dem Bett. Um den Hunger des Jüngsten zu stillen. Dann kehrte sie wach ins warme Bett zurück und rollte sich in die Decke ein. In die Stille, die zwischen den Wimpern der Schläfer seufzte. Draußen war es dunkel. Noch sehr dunkel. Sie kuschelte sich ins warme Bettzeug. Deckte sich gut zu. War entspannt und voller Hoffnung. Doch der Wecker läutete pünktlich. Genau in dem Augenblick, in dem Maria-Maria endlich die bequemste Position gefunden hatte. Ach, fünf Uhr, murmelte sie. Und erst dann brach in ihrem Inneren die Hysterie los. Im Inneren. Sie polterte, zerschlug, schrie. Weigerte sich beinahe, ihre Pflichten zu erfüllen. Aber sie hörte sich *Guten Morgen* sagen. Nicht zu dem erbärmlichen feuchten Zimmer. Nicht zu dem unabgewaschenen oder abgewaschenen Geschirr. Nicht zu dem Kühlschrank, der vor Rost beinahe auseinanderzufallen drohte. Nicht zu den Wänden, auf denen der Schimmelpilz blühte. Nein, nein, nein. Auch nicht zur nervtötenden Monotonie der Brötchen. Mit ihrem steinharten Pflanzenfett. Den fettigen Scheiben ranziger Salami. Nicht zu den fast schon rituellen Bewegungen, mit denen sie unzählige Scheiben abschnitt. Auch nicht zu den Brotbeuteln, die beharrlich gefüllt werden wollten. Wieder. Und wieder. Mit dem verdammten Essen. Sie hörte sich ganz einfach *Guten Morgen* sagen. Als wäre dies eine magische Formel gewesen. Die das Leben versüßen hätte können. Erst der dickbäuchige Teekessel, der wie ein gesegneter glühender Ofen aus einem Rohr dampfte, ließ sie lächeln. Sein wohlriechender Dampf gab ihr die Illusion der Wärme. Des Traums. Und der Freiheit. Der Tee ist eine positive Sache. Sagte sie gewöhnlich. Der Tee und der echte Kaffeeduft. Und wenn sie einmal damit begonnen hatte, war sie auch in der Lage weiterzumachen. Dann wurden für Maria-Maria auch viele andere Dinge positiv. Viele andere Dinge, die für sie genauso unerreichbar waren.

Nach dem Brötchenmachen und dem Frühstück ging Maria-Marias Mann, die Ordnung der Dinge beschimpfend, in die Nacht hinaus. Und man hätte meinen können, nun wäre Maria-Maria frei gewesen, weiterzuschlafen. Maria-Marias Mann ging in die Nacht hinaus. In Kälte und Wind. Er hatte allen Grund zu fluchen. Maria-Maria um die sechzehn Grad Wärme in ihrer Wohnung und um ihr leichtes Leben zu beneiden. Sie, die gerade dabei war, die Schultasche des Ältesten zu packen.

Maria-Maria hatte ihre erste Jugend bereits hinter sich. Doch etwas davon hatte sie sich bewahrt. Einen Anflug von Schüchternheit. Ein linkisches, verlegen zitterndes Lächeln.

Wenn es ihr mal sehr schlecht ging, erzählte sie sich den Witz vom Tagesablauf des kleinen Chinesen, der sie jedes Mal erheiterte. Sie gelangte damit zur Schlussfolgerung, dass es anderen noch viel schlechter ging.

Maria-Maria hasste, wie wir schon gesagt haben, das Geschirrspülen. Und je länger dieses dauerte, und je mehr Stellen sie fand, wo noch etwas an einer Kante haften geblieben war, um so größer wurden ihr Miss-

mut und das Gefühl der Vergeblichkeit.
Jetzt aber begann sie sich zu entspannen. Der Nachmittag floss durch die Faltenwürfe der Vorhänge und ließ sich sachte auf dem Fußboden nieder. Verdichtete sich. Verdrängte unmerklich die Helligkeit. Die Kinder schliefen, und die Uhr zählte mit ihrem monotonen Ticken ihren Schlaf ab. Maria-Maria betete zu allen Heiligen, der dröge Nachmittag möge andauern, mit seinem Müßiggang und allem anderen für immer in der Luft schweben bleiben. Maria-Marias lange Hände schrubbten ausdauernd an einem störrischen Suppentopf herum. Der wöchentliche Topf. Mit der Suppe für die Woche. Das Bellen der Hunde aus der Nachbarschaft ließ die Fensterscheiben erzittern. Maria-Maria aber war mutig. Was nicht verhindern konnte, dass ihre Beine zitterten. Vor allem die Beine. Während sie das Geschirr spülte. Und sich erinnerte: Wie im Innern eines Sacks war sie durch die Nacht geschwommen. Eine gewaltige Nacht. Sie befand sich auf der Hälfte des Weges zur Herberge. Und von allen Seiten sprangen sie Hunde an. Gut, sagte sie sich, wenigstens kommt dann kein Bär. Und ging ihres Weges. Geradeaus. Geradeaus. Wich nicht nach rechts ab. Nicht nach links. Die Hunde kamen immer näher. Aus allen Richtungen kamen sie an. Bildeten ein ganzes Rudel. Das ihr bellend folgte. Zwei Schritte Abstand. Aufgeregtes Bellen. Ab und zu wurde der Ton rauer. Heiser. Wütender. Maria-Maria hatte lange Hände. Lange Beine. Mit dem Davonlaufen ist es nun mal so, wie es ist. Jedenfalls ist es ungesund. Sie ging ganz gelassen ihres Weges. Einerlei. Angst kann man riechen.

Die Hunde aber rochen nichts. Immer zwei Schritte Abstand. Bellten, als seien sie kurz davor, die Zähne in ihre Beine zu schlagen. Nicht nach rechts, nicht nach links. Alles einerlei, bloß vorwärts. Bis sich ein Gleichgewicht herausgebildet hatte. Die Angst sich auflöste und der Vorsicht den Platz einräumte. Und die Hunde ihr nur noch aus schierer Konsequenz bellend folgten.
Maria-Maria stellte den Suppentopf zur Seite und atmete erleichtert auf. Als hätte sie eine Prüfung bestanden. Sie verzichtete darauf, das Licht einzuschalten. Die Hunde aus der Nachbarschaft bellten verbiestert weiter. Das Weiß des Spülbeckens versammelte die im Zimmer verbliebene Helligkeit.
Maria-Maria stellte das Geschirr auf die Trockenablage. Wusch das Spülbecken gründlich. Presste den Schwamm aus. Drehte den Hahn zu. Dann knipste sie endlich das Licht an. Und der dröge Nachmittag ging zu Ende.

Das strahlende Getto

Prestonville, ein vom Herrgott und
den Menschen vergessener Ort,
am Dienstag

Die Demut ist wie ein Stein, den du dir selber an den Fuß kettest.
Ich blicke zum Fenster hinaus, ruhig und mit Nachsicht. Das Fenster ist klein, der Rahmen in schreiender Farbe gehalten. Ich schaue auf die Tonnen, in denen der Müll des Viertels kocht.
Arbeitermüll, ohne Eleganz und Raffinesse. Denn, jeder weiß es, der Müll ist eine Visitenkarte.
Unser Fenster atmet die Hefe eines grauen, klebrigen Mülls, vor dem sich selbst die Männer von der Abfuhr ekeln. Oho, ehe, ayayay. Was würde ich nicht dafür geben, wenn ich Gedichte schreiben könnte. Das schmierige Klo, das uns fürsorglich zugeteilt worden ist, auratisch umhüllen. Das Grunzen der Nachbarn verklären, die Flecken auf der Zimmerdecke, die Latrine, wo wir frühstücken und unser Abendessen einnehmen. Und die Sonntagsessen, die ich ach! schon längst vergessen habe.
Unser Fenster atmet faulen Müll. Die Bettbezüge der Nachbarn und die Wäsche an der Leine sind unser Sonnenaufgang, wenn sie flattern in der schleimigen Luft des Viertels. Auch die müssen leben. Auch die. Auch die. Auch wir. Doch auch wir, mein Gott. Wenn Platz da wäre, könntest du mal aus unserem Fenster sehen.

Doch ich kann keine Gedichte schreiben und auch nicht an die ewige Güte glauben. Im Allgemeinen kann ich nicht glauben. Und wieder glauben. Nein, diese Chose ist nicht mehr drin bei mir. Womit noch glauben. Vertrauen. Wir lutschen Lollypops, die unsere Nachbarn vor der Blocktür feilbieten. Die verdienen halt auch noch, mein Gott, ein paar Groschen dazu. Mit diesem Leben, mit diesen Teuerungen. Lollypops, Kürbiskerne, Läuse. Lollypops, denen du vertraust, und zum Schluss bleibt bloß das Stäbchen übrig. Nicht einmal als Zahnstocher zu gebrauchen. Höchstens einem zwischen die Beine werfen. Wem zum Teufel. Und ist doch kein Knüppel.

Ideale haben mich immer beeindruckt. Bei anderen. Was mich betrifft, so hab ich immer in dunklen Stuben gewohnt, mit kleinen, verborgenen Fenstern.

Unsere Kinder trampeln sich zweimal täglich auf den Hühneraugen herum. Am Morgen, wenn wir sie hinführen. Und abends, wenn wir sie zurückbringen. Und am Uieckänd, haha. Hätte ich fast vergessen. Und die Schläge. Sie sich. Wir sie. Wir uns. Unsere Nerven schwellen an, krach-krach. Und der Wasserhahn, und die Tropfen von der Decke, plitsch-plitsch. Der Nachbar wird sich ja eine Wanne improvisiert haben. Und es wäre doch schade, wenn wir dieses Frühjahr nicht auskosten würden. Und unsere greise Jugend, wie sie durch die Gelenke der Zeit fließt, die wir vor uns haben. Wir sind optimistisch. Wir wohnen parterre. Folglich haben wir keinen Balkon. Rasierklingen haben wir keine im Haus, wegen der Kinder. Doch mit ein wenig gutem Willen können wir allerlei verschaffen.

Zwischen den Scheiben hat sich eine verrückte Stechmücke gefangen. Rennt gegen das Fenster an, macht Lärm. Der Teufel soll sie holen. Denn die ganze Nacht hat sie unser teures Blut gefressen, unser Freiwilligenspenderblut. Unser teures Blut, ein Mittagmahl in der Eckkneipe, armseliges Wirtshaus, mit getauftem Wein und einen Tag dienstfrei. Oho oho oho, was für teures Blut wir haben, für Millionen Stechmücken. Denn im Keller steht das Wasser. Und es brodelt die lauwarme, stinkende Brühe, wenn die Ratten sich darin tummeln. Die dann glücklich entwischen zum Müll. Und zurück in den Keller. Und zum Müll. Ersaufen solln sie in ihrem Glück. Denn denen allein geht's noch gut. Hier. Und dem dicken weißen Kater vielleicht. Ich frage mich immer, warum der so aufgedunsen ist. Fettsucht vielleicht. Das Großstadtleben und die Zivilisation, tja. Hormonstörungen. Denkste. Die Ratten, was für ein Mittagessen. Und welch ein Nachtmahl. Ein supper, ein supper. Wie bei den Engländern. Ganz spät. Wie im Märchen. Ach, die Engländer, und das diplomatische Korps. Die offiziellen Gäste.
Doch der Kater hat Nachbarn und Freunde. Und die lässt er auch an die Ratten ran. Denn es gibt ja genug Müll, vor unserem Fenster. Kein Schlangestehen. Keine Flüche hier. Ein Knochen findet sich für jeden. Und jede Menge Unrat. Allerdings profitieren ziemlich viele davon.
Morgens um sieben kommt der Herr mit der Lederjacke und zieht ein Wägelchen hinter sich her. Er sammelt Flaschen und Kompottgläser. Flaschen und Gläser um einen, Leu und um zwei. Denn was kann

man mit einem Leu oder mit zwei schon kaufen oder verkaufen. Ich schmeiß meine leeren Gläser weg. Die Nachbarn tuns genauso. Wer kann schon in einem Loch, dreimal drei Meter, Kompottgläser aufbewahren. Wir tragen also zum Wohlstand des Mannes mit der Lederjacke bei. Ich hab keine Lederjacke. Auch keinen Mantel. Wenn dieser verdammte Winter nur schon vorbei wäre, zum Henker. Doch die Selbstzufriedenheit ist alles. Das kann einen ganz schön erwärmen.
Gegen neun erscheint die Frau in Grün. Mantel und Pelzmütze. Die sammelt die Plastikbeutel ein. Noch einen Leu. So geht das. Vor allem, weil man am Marktplatz nie welche kriegt. Ich laufe mit bloßem Kopf herum. Rede mir ein, dass es mir besser steht so. Unsere Kinder sind abgehärtet. Doch wir müssen sie vor der Kälte schützen. Wir müssen sie überhaupt schützen. Sie sind die Generation von morgen. Wir, die von heute. Auch wir waren mal die Generation von morgen. Wir werden die von gestern sein. Wir müssen schützen. Um jeden Preis. Die Generation von morgen.
Die Frau klaubt Brotreste auf. Von Leuten angebissene Schnitten, von Ratten angenagte. Sie hat Kaninchen, oder Hühner, nicht wahr? Die hat sie bei der Tierzählung alle angegeben. Oder wer weiß. Denn das unbefugte Halten von Zwei- und selbst Vierfüßern ist strengstens untersagt. Dennoch: die Mücken, die Küchenschaben, die Wanzen.
Nacht für Nacht steh ich hinter der Tür auf der Lauer. Ich warte auf die Legionen von Wanzen, die in die –

wie heißt das denn nur – Wohnung einfallen werden. Im Treppenhaus stinkt es nach Hühnerdreck und nach Fusel. Ab und zu nach verbranntem Fett. Und am Sonntag stinkt es wunderschön. Nach Braten. Doch wenn du zum Fenster hinausguckst und die Ratten siehst, oho, ehe, ayayay.
Die Frau sammelt alles, was wir unüberlegt jeden Tag unseres Lebens wegwerfen. Jeden Tag trennen wir uns von irgendeinem Ding, damit wir atmen können. Schwer verzichten wir auf die Sachen. Sie sind Teil unseres Wesens. Sieh mal einer an. So ein seelenloses Dingsda. Wir werfen Sachen weg, die wir durch mehrere Häuser mit uns geschleppt haben. Von Untermiete zu Untermiete. Diesmal haben wir eine Wohnung. Wir haben ein Dach über dem Kopf. Und es ist unseres. Im nächsten Monat, wenn unsere Kinder noch etwas wachsen, schmeißen wir auch den Fernseher hinaus. „Sport". So.
Sport. Gar kein Sport ist das. Es ist ein Luxus. Und Luxus hat uns jetzt gerade noch gefehlt.
Die Frau sammelt Lumpen und allerhand komische Dinger. Bei einigen zögert sie. Soll sie, soll sie nicht? Wer weiß, wozu die mal nützen. Meine Hände sind angeschwollen vom Soda. Und meine Fingernägel sind gebrochen. Ich bin eine Lady. Von Zeit zu Zeit packt mich die Wut, dann schmeiß ich sie auf den Mist. Die Frau sammelt Lumpen. Soll sie, soll sie nicht? Wer weiß, wozu die mal nützen. Sie hat einen grünen Mantel. Eine Pelzmütze. Und morgens zwischen neun und zehn ist sie frei. Sie kann durch den Müll stiefeln. Die Ratten ums Brot bringen. Welch eine schöne

Schilderung nach der Natur.
Jeden Tag wundere ich mich, wie ein einziges Zimmer soviel Kälte und Feuchtigkeit beherbergen kann. Wie ein so kleines Zimmer soviel Kälte und Feuchtigkeit in sich vereinen kann. Von Zeit zu Zeit trocknet die Decke. Und es rinnt uns ins Essen. Maßvoll öffnen wir den Schrank. Mit Maß atmen wir. Und alles tun wir mit Maß. Vielleicht einmal im Monat. Prophylaktisch. Damit die Wände nicht allzu sehr abblättern. Nur die Kinder sind schwer zu bändigen. Sie leben in einem freien Land in ihrem Etagenbett.
Ein Glück nur, dass über all dem eine frühjahrliche Hoffnung schwebt. Und vor uns liegt die Zukunft.
Der Müll ist eine andauernde Überraschung. In permanenter Änderung. Und Komplettierung. Um die Mittagszeit kommt eine zweite Frau, mit einem Goldring. Auch sie ist gut angezogen. Bloß etwas älter. Eine andauernde Überraschung ist dieser Müll. Heute breitet sie die jüngste Beute vor ihren Enkelchen aus. Ein Strumpf. Ein Knopf. Ein Spielzeug. Eine Tasse. Materielle Güter. Wie verschwenderisch die Leute doch sind. Sagt sie in Gedanken. Wie viel Verschwendung. Wie die das Geld verplempern. Und wie die ihr Leben verplempern. Doch wir müssen atmen. Von Zeit zu Zeit befreien wir den Raum in unserem Zimmer von den Dingen. Wir füllen ihn mit Luft. Langsam, langsam werden wir besser leben, besser und besser.
Wir rauchen mit Maß. Es gelingt uns nicht, uns genügend zu opfern für die Generation von morgen. Ihre Lungen sind ein Schwamm, vollgesogen mit Küchendunst, Wäschedampf, erlesenen Schimmelgerüchen

und Moder, Rauch und balsamischen Düften.
Doch über all dem schwebt eine frühjahrliche Hoffnung.
Leider werden wir das Fenster nicht öffnen können. Der Müll ist nur zwei Schritte davor. Sein Gestank dringt uns auch in die Ohren. Und was für ein nächtlicher Reigen das sein wird zwischen dem Abfall. Und was für ein Tagestanz. Denn keiner scheut sich, durch den Müll zu waten. Wo für jeden ein Knochen abfällt. Und Stolz erfüllt mich und Scham zugleich. Wie wir beitragen zum Wohlstand der Welt. Wie wir beitragen zur Erhaltung der Art. Wie sehr wir verantwortlich sind für den guten Lauf der Dinge. Denn nichts geht verloren in der Natur. Und alles. Und alles. Geht aus einer Form über in eine andere. Bis es wieder zu uns kommt auf weiß Gott was für geheimnisvollen Wegen.
Wir sitzen hier wie im Getto. Wo die Emigranten kommen und gehen. Die Glücklichen, die von Zeit zu Zeit gehen. Von Zeit zu Zeit gehen welche, die Glück haben. Es gibt von Zeit zu Zeit welche, die haben wirklich Glück, und die gehen dann.
Eine sonderbare Gefühlsregung überkommt mich. In unbestimmten Zeitabständen. Ich sehe einen Lastwagen, mit Möbeln beladen. Der weiße Kühlschrank. Der weiße Gasherd. Alles trägt dazu bei, dass ich eine lichtvolle Zukunft vor Augen habe. Für die anderen. Und ein besseres Leben. Ein weiteres. Ein geräumigeres. Ein helleres. Eines, das weniger feucht und kalt ist.
Und eine merkwürdige Trauer erfasst mich. Denn

nach kurzer Zeit kommen die Laster zurück. Grau und bedrohlich. Mit weißen Kühlschränken. Mit weißen Gasherden. Und ich beiß mir in die Hand. Damit ich nicht aufheule. Wie ist das Leben doch trügerisch. Wie es sich vollstopft mit dem Weiß unserer Hoffnungen.

Unsere Putzfrau. Denn wir haben auch eine Putzfrau. Die rackert sich ab, um das einzusammeln, was der Wind auf den Alleen verstreut. Der Müll quillt aus den Tonnen. In seiner übermütigen Gleichgültigkeit legt der Wind Patiencen mit Papierfetzen und Abfällen. Die Frau klaubt sie wieder auf. So quält sie sich den ganzen Tag herum, um den Schein zu wahren. Denn auch sie wohnt im Getto. Und sie hat einen sonderbaren Ordnungssinn.

In den Ästen der Bäume hängen Wäschestücke, die der gute Wind in seiner übermütigen Gleichgültigkeit von der Leine gerissen hat. Der uns die Wäsche trocknet. Und uns das Wirrwarr von Schnüren im Haus erspart.

Doch über all dem hängt eine frühjahrliche Hoffnung. Und wie schön unsere Ausdauer ist und unsere bohemehafte Konsequenz. Das sind Zeiten zum Kindermachen. Die Leute spalten uns den Schädel mit ihrem Gerede. Doch wir zucken die Achseln und lächeln überlegen. Die Zeiten gehn vorbei. Die Früchte bleiben. Und dann rächt sich schließlich ein jeder wie er kann. Und manchmal begehrt sogar einer auf. Und den Kampf gewinnt man oft mit den Waffen des Feindes.

Im Getto wohnen. Das ist doch kein Grund, beim

Essen zu schmatzen. Die Füße nicht zu heben beim Gehen. Oder unerzogene Kinder zu haben. Montags sprechen wir deutsch. Dienstags französisch. Und so weiter. Der Donnerstag ist der Aneignung der Logik vorbehalten. Obwohl die Vernunft oft nur eine Laune ist. Der Donnerstag jedenfalls ist der Logik vorbehalten. Damit unsere Kinder vielseitig und harmonisch entwickelt aufwachsen. Freitags ist Pause. Für die Wörter. Für die Wände. Die ersticken unter den Tönen, die in den Winkeln von einem Tag auf den anderen überleben. Wir hüten uns davor, ein neues Babylon aufzubaun. In der Nacht studiere ich unter größter Anstrengung Altgriechisch und Chinesisch. Unsere Kinder müssen eine humanistische Erziehung genießen. Humanismus, das ist ein Begriff, der heutzutage jedem viel Ehre einbringt.

Mein Mann macht uns krank mit seinen Experimenten, mit seinem Chemiekasten. Die Kinder müssen eine Ahnung haben von den Phänomenen, die in Natur und Gesellschaft stattfinden. Wir verpesten das Zimmer mit Schwefeldämpfen und Säuren. Und allerlei brennbaren Substanzen. Wir verbrühen die Katze der Nachbarin und machen unseren Hund kahl, durch fortgesetzte Versuche. Und das aus dem einzigen Grund, damit die Kinder erfahren, welche Phänomene in der Gesellschaft stattfinden. Damit sie nicht mit zu großen Ansprüchen daherkommen. Damit sie ihre Rechte und Pflichten kennenlernen. Wir wollen verantwortungsvolle Kinder haben, die dem Leben und den Ereignissen fest ins Auge blicken. Und dem Unvorhergesehenen. Deshalb legen wir ihnen Platten auf, Mozart, und sie spielen die Musik nach, auf den Tasten eines Pianos, die im Maßstab eins zu eins auf ein Brett gezeichnet sind. Ein Piano, denn ein Flügel wäre zu groß für die Neubauwohnung. Das nach den Lektionen in Logik. Sie schlagen die gezeichneten Tasten gewissenhaft an, während der Plattenspieler die Sonate wiedergibt. Ich sitze mit einer Stricknadel neben ihnen und verfolge die Griffe. Und ich klopfe den Takt. Wenn sie danebengreifen, klopfe ich ihnen auf die Finger. Wenn man im Getto wohnt, so ist das kein Grund, ein Instrument mangelhaft zu beherrschen.

Fenster in Flammen

Für Rolf Bossert

Sie war hochaufgeschossen und trug einen Pferdeschwanz, der ihr bis zur Taille reichte. Öffnete sie ihn, so loderten die Flammen im Zimmer auf. Immer wenn sie zu erzählen begann, hob sie die Hände. Raffte ihre Haare mit den Händen. Wog sie. Entfaltete sie. Ihre Haare aber fingen Feuer.
Sie hatte kleine Hände. Die Haare verschlangen sie auf der Stelle.
Man nannte sie La ventana en llamas. Als wäre sie ein Bild von Dali gewesen. Sie aber, La ventana en llamas, war die letzte, die mit ihm gesprochen hat. Mit dem Albatros Wanja. So will es die Legende. Das sagt sie, wenn die Haare ihr die Hände verbrennen. Wenn sie sich an die Schläfen greift und Ayay sagt.

Ayay, ihre traumweißen Schläfen.
Die von kleinen blauen Venen durchzogen werden.
Kleine blaue Venen.
In denen der Alptraum zusammenzuckt und sich windet.

Von der Decke hing ein goldener Draht. An dessen Enden eine Kristallplatte baumelte. Eine Platte, durch die das Fenster beim Sonnenuntergang zum Glühen gebracht wurde. Ein Geschenk für die Herbstabende. So hatte La ventana en llamas es genannt, als sie es brachte. Herminas Haus empfing in seiner unverrückbaren Intimität die Schwingungen dieses unruhigen Geschenkes.

La ventana en llamas tauchte eines Tages unvermittelt auf. Vom Wind geschickt. Von den blinden Mächten der Intuition. Oder von einer kalten Hand, entschlossen und rachsüchtig. Sie war mit dem Geschenk unter dem Arm gekommen, hatte es sofort an die Decke gehängt. Hermina lag im Bett, hatte die Augen geschlossen. Schwer lastete die Welt auf ihren Lidern. La ventana en llamas beobachtete durch die Kristallscheibe, wie die Sonne das Fenster verletzte. Dann betrachtete sie Hermina. Sie nahm einen Stuhl, stellte ihn an das Kopfende des Bettes, setzte sich, das Gesicht der Sonne zugewandt. Sie nahm ihr schweres geflochtenes Haar in die Hand. Wog es auf den Handtellern. Löste den Knoten. Warf es über die Schultern. Hermina lag auf dem blassen Kissen zwischen zwei entflammten Fenstern. Ihr Abbild schaukelte mit der Kristallscheibe. Ein Lüftchen. Ein Hauch. Ein Gedanke störte den goldenen Draht. Und mit ihm die Scheibe. Gleichzeitig trübte er das Bild des Zimmers. Je nach dem Winkel, aus dem man es betrachtete. Der Perspektive, für die man sich entschieden hatte.
Hermina. Sie war in ihr eigenes Bild gesperrt, könnte man meinen. Verriegelt in einer Falle von Träumen vergifteter Luft. In einer Schwingung ohne Ränder. Das Leben – eine grenzenlose Falle. Ein Nebenstrom. Einflussreich. Schmerzendes Schwemmland und blutende Last – sagt sie sich. Und ihre Wörter sind wie im

Nebel ertrunken: Die Falle, von den roten und schwarzen Füchsen für den Albatros Wanja aufgestellt. Mit seinen Flügeln, die auf dem Rücken verschnürt und verknotet sind. Sirenen. Von jenem Tag an fließen Sirenen auf den Straßen. Sie zucken – ein Skalpell, das plötzlich aus dem Fleisch rutscht. Zitternd in der Luft. Das Universum mit dem Schmerz bewerfend, auf dessen Spuren er gegangen war. Der Schmerz, den er bebend dazu brachte, sich zu vermehren. Das ist sein Portrait. Dies ist Wanja. Der Albatros im Trenchcoat. Ein Skalpell aus Wörtern, die mit Kreide in die Wunde eines Gedichts geschrieben wurden. Eine Sirene in der Nacht.

Hermina schloss die Augen. Auf der Netzhaut blieb ihr ein glühender Fleck. Er verbrannte ihr das Lid. Die Welt teilte sich wie ein Pfirsich. Schwankte und vervollständigte sich wieder. Ein Schwanken, das sich wiederholte. Eine beängstigende Perspektive. Worin der Kern des Lebens und der Sinn der Welt – ein glänzend polierter Samenkern – endgültig verloren sind. Die Welt selbst sieht für Hermina aus, als wäre sie versteckt im Innersten eines Gehäuses, das seinen Mittelpunkt verloren hat. Seine Achse.

Die Meridiane und Breitengrade sind durcheinander geraten. Alles ist zusammengestürzt. Die Hälften berühren sich. Lösen sich. Verzerren sich. Die Breitengrade und Meridiane verbiegen sich. Die Welt ist ein einziger Krampf. Das Lid ist schwer. Am Horizont das Meer und die Berge. Und die endlose Welt. Fenster in Flammen – Gefahr und Rettung. Das Lid ist schwer, und die Welt erstreckt sich bloß bis an den Fuß des

Bettes. Hermina schwebt im Nebel. Oder sie sagt: der Nebel schwebt in mir. Die Jahre sind verronnen, abgelebt unter dem Zeichen des Albatros. In seinem Kreidekreis. In der Unverletzbarkeit des Gedichts. Eine Fessel aus Luft. Aus der sich der Albatros befreit hat, indem er seine Flügel verschnürte. Wie viel Raum hat man, das Absolute zu suchen. Sehr bewusst stelle ich diese blödsinnige Frage. Sehr bewusst. Denn es gibt keine Antwort, sagt Hermina. Besessen sein. Auf allen Vieren kriechen. Den Blick nur noch auf der Höhe der Knöchel. Im Nebel gehen. Während das Leben darüber stattfindet. Oberhalb der Knöchel. Oberhalb der Augenlider. Über dem Nebel. Und in deinem Kopf teilt die Welt sich in gleiche Hälften. Jeder Samenkern fällt heraus. Verliert seinen Sinn.

Eines Tages tauchte La ventana en llamas auf. Vom Wind geschickt? Stellte den Stuhl in Richtung Fenster. Hermina auf dem blassen Kissen. Zwischen zwei brennenden Fenstern.

Feuer und Blut. So hat er es mich gelehrt. Nennen wir ihn Orestes. Nennen wir ihn meinen Vater. Mit Feuer und Blut reinigt man den Platz. Man brennt nieder. Wenn es notwendig ist, mordet man.

Herminas Finger sind kalt. Die Hände glitschig. Die Stirn ist feucht. Ein kühler Schauder durchrieselt sie. Die Schultern hinab. Die Wirbelsäule entlang. Dann ein heißer Schauder. Und im Hals pocht ihr ein Knoten. Wie ein Herz. Und ab und zu entfällt Hermina der Zusammenhang.

Wer hatte ihr gesagt, sie möge kommen, denkt sie. Wer hatte ihr gesagt, sie möge mir diesen von den Flammen angenagten Spiegel bringen.

Dann schwankt die Welt wieder. Ein roter Faden teilt das Ganze. Die Wellen wiegen es. La ventana en llamas sucht verzweifelt nach der Stelle, von der aus sie sie berühren kann. Diese abgeschlossene Welt, in der Hermina sich wiegt. Einen Ort, von dem aus. An dem. Hermina vergessen würde. Verzeihen. Alles von vorne anfinge.

All dies sage ich dir nicht, um eine Entschuldigung zu finden, Hermina. Das Leben ist so. Kannst du mir zuhören? Wo bist du? Orestes sagte immer ... Aber ich glaube Orestes schon lange nichts mehr. Er sagte, für die große Masse fließe das Leben in einem engen lehmigen Flussbett dahin. Aber wenn Wanja auftaucht. Der Albatros. Er stört ihren vorherbestimmten Lauf. Ich bin derjenige, der niederreißt, sagte er. Ich bin derjenige, der sie verteidigt. Ich … Und hier beginnt La ventana en llamas zu weinen. Ihr stummes Weinen. Tränen bloß. Und die Hände im Feuer der Haare. Verzweifelt. Sich ziellos bewegend. Während ihr die Schläfe dröhnt. Sie war eigens für Hermina gekommen. Die aber. Die Ärmel ihres Morgenmantels weit ausgebreitet. Zu beiden Seiten des Bettes. Blickt in sich.

Ich erzähle dir all dies nicht, um mich zu verteidigen. Ich war bloß ein Kind. So lange Mutter lebte, schlug sie mich, für was auch immer. Für nichts. So fühlte ich es. Für nichts. Aber das, was sie sich vorgenommen hatte, gelang ihr nicht. Ich werde nicht lange leben, sagte sie, wenn sie jemand fragte. Warum eigentlich,

Irina. Warum schlägst du auf dieses Kind ein? Damit es mich vergisst. Mich hasst.
Ich sah sie mir abends manchmal an. Als ich kaum sechs Jahre alt geworden war. Mitunter scheint mir, als ob seit damals kaum Zeit vergangen wäre. Immer häufiger erinnere ich mich an sie. Ständig trug sie abgedunkelte Brillen. Und abends, wenn sie las, versteckte sie ihr Gesicht. Wenn ich sie küssen kam, ihr Gute-Nacht-sagen kam, stieß sie mich leicht von sich, lächelnd. Dann wurde sie schneidend. Bist du noch immer nicht im Bett? Zur Strafe erzähle ich dir keine Geschichte mehr. Sie stieß mich leicht von sich. Und ich freute mich über diese Berührung. Ich legte mich nieder und streichelte die Stelle, an der sie mich berührt hatte. So schlief ich ein und träumte, dass sie vielleicht morgen.
Sie versteckte sich jeden Abend. Und ich konnte sie nirgends finden. Niemals.
Auch ihm war es nicht besser ergangen. Orestes. Gut, sagte er. Gut, aber du bist meine Frau. So viel konnte ich ab und zu hören. Und danach mal ein Knacken. Mal ein Auflachen. Und ein andermal hörte ich: zu deinen Studentinnen. Warum gehst du nicht?
Mit mir sprach Orestes über sie wie über eine Fremde, wie über jemand, der nur kurz auf einer Reise vorbeigekommen ist. Manchmal war er gut zu mir. Und wenn ich Sehnsucht hatte, nahm er mich in die Arme. Ein andermal sagte er: du ähnelst deiner Mutter. Als hätte er mich geschlagen. Er blickte hasserfüllt. Sagte: sieh dich an. Du siehst nach nichts aus. Sie war wenigstens schön. Ich machte mich klein. Ich

hätte mich in die Risse des Parketts stürzen können. Hätte mich unter den Teppich verkriechen mögen. Und ausgerechnet wenn ich unterzugehen drohte, streckte er mir die Hand hin. Auch du bist ein Geschöpf Gottes. Noch heute weiß ich nicht, wie ich das zu verstehen habe.

Hast du Sehnsucht? sagte er. Blödsinn. Sie war nicht einmal deine Mutter. Die starb noch früher. Ich wusste, dass sie nicht lange bei uns bleiben würde. Es hat sie jemand von weither zu uns geschickt.

Manchmal sah ich heimlich in den Spiegel. Ich hatte ihr Gesicht in Erinnerung. Orestes hatte alle Fotos versteckt. Aus wer weiß welchen Gründen. Ein einziges, es war klein und fleckig, bewahrte ich in einem Buch auf.

Ah, du kannst mich nicht täuschen, Orestes, sagte ich mir. Sieh dir diese Haare an. Die hat nicht jede. Rot. Und seit damals habe ich sie nicht mehr geschnitten.

In Orestes Erzählungen über Mutter gab es Liebe und Hass. Soviel konnte ich verstehen. Und so war es auch. Ich glaube, damals hasste er sie. Vielleicht hassten wir gemeinsam. Anders wäre es nicht möglich gewesen. Und von jenem Tag an nannte ich ihn Kinyros. Für mich.

Ob er mein Vater ist? Auch das weiß ich nicht. Wenn er mich verletzen wollte, blickte er mir ins Gesicht. Aha, sagte er. Du schläfst mit deinem Vater. Und ohrfeigte mich mit dem Handrücken. Stieß mich. Trat mich mit den Füßen. Anfangs weinte ich. Schluchzend. So

gehört es sich, sagte er. Und ich dachte das gleiche. Dass es sich so gehört. Er hob mich vom Boden auf und trug mich ins Bett. Ich glaube, ich war noch keine Vierzehn.
Ein andermal nahm er mich zur Seite. Streichelte meine Haare. Sagte, du brauchst dich nicht zu fürchten. Alles ist in Ordnung. Ich aber bin nicht einmal dein Vater. Ich spürte, dass ich am Ende war. Zerfetzt. In die Welt geworfen. Den Wölfen zum Fraß.
Ja, Irina hat uns betrogen, wo sie nur konnte. Auch mich. Und dich. Du siehst ja, dass sie gegangen ist.
Aus allem, was ich Stück für Stück zusammenfügen konnte. Aus dem Wenigen, das Irina erzählt hat. Aus allem, was Orestes mich erraten ließ. Von dem, was er mir einzubläuen versuchte. Aus dem Geflüster der Studenten. Der Untergebenen. Den Ellenbogenstößen der Verwandten. Aus allem habe ich Stück für Stück ihre Geschichte zusammengefügt.
Und Orestes Geschichte? Ja. Aber alles wurde erst mit ihr geboren. Mit ihrer Ankunft in einem Land, in dem niemand sie erwartete. Vielleicht erwartete er sie. Orestes. Der für mich Kinyros heißt.
Seinen wahren Namen kennt niemand mehr. Die einen sagten Genosse Major. Andere Genosse Dekan. Wieder andere bloß Genosse. Aber alle hatten Angst vor ihm. Jahrelang wollte ich blind sein. Meinen Ohren nicht trauen. Nicht fragen, was die Pistole im Schubfach seines Schreibtisches zu suchen hat. Niemand hatte das Recht, in sein Arbeitszimmer einzutreten. Nicht einmal die Dienstfrau betrat den Raum ohne ihn. Die Dienstfrau, wie er sagte. Lass die Dienstfrau

nicht in mein Arbeitszimmer! Und immer wollte er wissen, wann der Reinigungstag sei.
Ich wollte taub sein. Selbst in der Schule. Wenn sie mir „Spitzel“ ins Gesicht sagten. Ich verstopfte mir die Ohren. Schrie. Schrie sie an, sie sollten mich in Ruhe lassen. Schrie, um ihre Stimmen zu übertönen. Um nicht zu hören, was sie zu mir sagten. Um bei dem, was sie sagten, nicht zu erröten. Und wenn ich aufgerufen wurde, wenn ich an die Tafel musste. In den Geschichtsstunden hörte ich sie ständig: Ja. Es gab nur eine Handvoll Kommunisten nach dem Krieg in Rumänien. Und in der Pause schubsten sie sich an. Eine Handvoll Kommunisten. Und einer von ihnen war der Genosse Dekan. Bessarabien. Sagten sie. Nun ja. Bessarabien. „Die Nachricht von der Befreiung Bessarabiens vom Joch der Bojaren hat Freude ausgelöst. Fordert das Recht, ins sowjetische Bessarabien auszuwandern. Gezeichnet: Zentralkomitee der RKP. 6. Juni 1940.“, sagten sie.
Auch in Geographie. Bessarabien. Sagten sie. Und die Geographielehrerin. Starrte mich mit ihrem eisigen Blick an. In der Pause fand sich immer einer, der sagte, Bessarabien? Die Kommunisten haben es an die Russen verkauft!
Ich konnte mich nicht mit ihnen prügeln. Es waren zu viele. Konnte mich ihnen nicht nähern. – Du mit deinen Haaren. Rot. – Und sie flüsterten sich noch anderes zu. Schrieben es sich auf Zetteln. Was ich erspähen konnte, war: Alle Juden wurden zu Kommunisten. Dann haben sie uns um einen Kopf kürzer gemacht. Die Zettel vermehrten sich. Gingen von Hand

zu Hand. Sieh dich doch an. Und deinen Vater. Muss er den Rücken nicht arg krümmen, bei so vielen Sternen auf den Schultern? In der Pause waren die Zettel bloß noch eine Handvoll kleiner Fetzen. Schnipsel. Tausende, abertausende Papierschnipsel. Nicht ein einziger Buchstabe blieb mehr ganz. Damit nichts beweisen kann. Sie warfen sie mir im Flur ins Gesicht, wenn ich alleine vorbeiging. Ohne Zeugen. Alle hatten Angst. Jeder fürchtete sich vor jedem. Aber sie taten mutig. Spuckten es mir durch die Zähne zu.
Auch Juden waren in der Klasse. Doch bloß ich war gezeichnet. Sie hatten mir den Spitznamen Fuchs mit Glöckchen gegeben. Aber in meinen Akten war keine Spur. Auch Deutsche hatten wir. Und Ungarn waren in der Klasse. Hatten auch Russen. Wen hatten wir nicht. Du hättest einen Weltkrieg erklären können.
Aber ich irrte in der Pause alleine umher. Konnte mich niemandem nähern, bei keinem abschreiben. So dass ich lernen musste. Ihnen zeigen, dass ich was kann. Dass ich besser bin als sie. Und Orestes? Er brüllte: Schlampe. Ich werde den Fußboden mit dir aufwischen. Verflucht sei dein Haar einer tollwütigen Füchsin!
Es war ein unentrinnbarer Zirkel. Bis irgend jemand zu ihm sagte: so geht es nicht weiter. Du musst dir eine Frau nehmen. Wenigstens vor den Augen der Welt.
Bevor Marusia zu uns kam, gab er mir eine Erklärung. Ich hatte mich an ihn geklammert und brüllte: ich will, dass du mir die Wahrheit sagst. Ich kann es nicht mehr hören. Das ganze Geflüster. Verstehst du! Ich werde mich aus dem Fenster stürzen! Und du wirst es

mit dem Teufel zu tun kriegen. Ich sehe nichts Gutes für dein Dossier, Orestes.
Zu beißen hast du gelernt. Wie sagtest du, haben sie dich in der Schule getauft? – Dagegen habe ich nichts einzuwenden. Wenn du schon nicht meine Tochter bist, so bist du wenigstens die deiner Mutter. Ich habe keine Schuld. Auch die Haare hast du von ihr. Und in die Geschichte hat auch sie mich hineingetrieben. Ich war jung und wollte Karriere machen. Die Meinen waren, gottseidank, früh gestorben. Wenn sich aber jemand Schlaues findet, der in den Akten wühlt. In meinem Dossier forscht? Es fand sich jemand. Sie fand sich. Oder wer auch immer sie von dort hergeschickt hat. Aus dem Land, aus dem sie kam.
Nie habe ich gewusst, wie sie wirklich hieß. Nicht einmal auf dem Totenbett hat sie es mir gesagt. Und ich kann dir sagen, dass es mir nicht gelungen ist, sie einen einzigen Tag glücklich zu machen. Ständig hat sie mich mit ihrer Kälte gedemütigt. Mit der Distanz, die sie zwischen uns gebracht hatte. Auch zu der Zeit, als ich glaubte, sie zu lieben, ließ sie mich nicht hoffen. Nicht für einen Augenblick befreite sie mich von der Last des Geschäfts. Ja, du wirst dein Ziel erreichen, sagte sie immer. Dir wird alles gelingen, was du dir wünschst. Du wirst Karriere machen. Ich aber tue meine Pflicht. Dafür hatten sie sie ausgebildet. Sie haben sie aus dem Lager geholt. Und sie ins Waisenhaus gesteckt. Sie haben sie erzogen. Und im passenden Alter hat sie einen Namen bekommen. Sauber. Einen Taufschein. Einen Pass. Und einen Auftrag mit dem Ziel Rumänien.

Sie hat nicht einmal sich selbst verziehen. Kannte keinen Sonnentag. Ich kann's beschwören. Auch dich konnte sie nicht wirklich lieben. Oder. Vielleicht ist es gerade nicht so. Vielleicht hat sie dich unsagbar geliebt. Unsagbar hat sie dich geliebt. Vielleicht ist das der Grund, dass sie nicht leben wollte. Dich nicht heranwachsen sehen wollte. Deine Fragen nicht hören mochte. Unsagbar hat sie dich geliebt. Das solltest du wissen. Darum wollte sie sterben. Sie hätte es nicht ertragen, dir zu sagen, wie sie heißt. Auch nicht, woher sie kommt. Es war nicht ihre Schuld. Sie haben sie so erzogen. Und sie fühlte sich in ihrer Schuld. Als sie aufwachte, gab es keinen Weg zurück mehr. In der Nacht weinte sie im Schlaf. Ich hätte ihr gerne geholfen. Manchmal. Vielleicht hätte ich es gekonnt. Doch wir begegneten uns nie. Im Schlaf redete sie wirres Zeug. Sah sich zwischen Drahtzäunen. Stacheldraht und Schlagstöcke. Eine ausgeklügelte Ordnung. Ich hätte sie wecken können. Ihr sagen wollen, wir sollten fliehen. Alles von vorne anfangen. Irgendwo in Südamerika. Es gab Augenblicke, in denen wäre ich auch mit ihr in die Antarktis gegangen. Ich hatte nicht die Kraft, es ihr zu sagen. Hatte nicht die Kraft, es zu tun. Dann ging es vorüber. Die Angst packte mich. Auch Gedanken kann man hören. Ich weiß, dass man auch die Gedanken hören kann. Ich bin es, der weiß, dass man auch die Gedanken hören kann. Am Herzschlag. Am Pochen der Schläfen. Am Zittern der Hand, wenn man das „Interview" unterschreibt.
Ich hatte nicht die Kraft, es zu tun. Jetzt weiß ich, dass sie immer gewartet hat. Aber sie hat es mir nie zu

verstehen gegeben. Wir waren so weit entfernt voneinander. Selten bloß blitzte etwas auf. Zischte wie ein Funke. Allein auf sich gestellt, hatte sie keinerlei Kraft. Vielleicht hätten wir alles von vorne beginnen können. Vielleicht hätten wir glücklich sein können. Sie hatten sie schon vor langer Zeit in die Enge getrieben. Auch ich stand nicht besser da. Um zu vergessen, schrieb ich Bücher. Sammelte Erfahrungen. Schlief mit jeder, die mir über den Weg lief. Ich glaube, ich habe sie geliebt. Bis ans Ende meiner Tage werde ich mich das fragen. Und vielleicht werde ich die Antwort nie erfahren. Niemals.

Dies war das einzige Mal, dass Orestes menschlich mit mir redete. Es war wie ein Weihnachtsfilm, den man an die Wand eines Bordellkellers projiziert. Dann gingen die Lichter aus. Und in unserem Hause tauchte Marusia auf. Ich sage noch ständig „unser Haus", aber als sie erschienen war, wurde das Haus zu einem Dreieck der Verwerfungen.

Zu Anfang spielte sie noch nicht verrückt. Sie kannte ihren Platz und ihren Zweck. Nach und nach aber begann sie, mich zu bearbeiten. Orestes anzulügen. Geschichten zu erfinden, die sie ihm im Bett erzählte. Grässliche Geschichten. Über Männer und Orgien. Dieses Mädchen kennt nichts Heiliges! Sie beruhigte sich nicht, bis Orestes seinen Gürtel suchte. Bis ich Streifen hatte an den Beinen und am ganzen Körper. Dann hörte man die Schlafzimmertür. Etwas später die Badezimmertür.

Willst du, dass ich dich aus dieser Hölle befreie? fragte mich einer seiner Freunde. Doch Orestes hatte keine

Freunde. Beim ersten Mal gab ich mich noch stark. Es ist nicht deine Sache, sagte ich. Was fickt dich die Sorge. Soeben hatte ich das Gymnasium beendet. Ich wusste nicht, was ich anfangen sollte. Für Orestes gab es gar keine Diskussion. Du wirst Jura studieren. Stefan Gheorghiu, die Parteihochschule. Oder Medizin. Ich sah nach rechts – nach links. Da war kein Platz für mich. Alle senkten den Kopf, wenn ich in ihrer Nähe auftauchte.

Und, hast du es dir überlegt? kam die Frage noch einmal. Orestes Freund zog einen leeren Pass aus der Tasche. Hier könnten wir deinen Namen eintragen. Ich erschrak. Begann zu zittern. Streckte die Hand danach aus. Just a moment, baby. Für einen kleinen Dienst. Nichts Besonderes. Wir wollen ein Interview. Wir wollen den Albatros Wanja. Er tut allzu sauber. Widerlich! Diese Dichter! Alle bilden sich ein, Jesus zu sein. Du hast lange Beine. Und Haare bis hinab zur, na ja. Was weiß ich, was du mit ihm anstellst. Deine Sache. Erwürgst ihn mit deinen Haaren. Zerquetschst ihn mit den Beinen. Holst ein Interview aus ihm heraus. Der Junge soll dir alles sagen, was er aufgesogen hat. Und von wem. Kommst mit dem „Interview“ direkt zum Flughafen. Deine Sachen holst du dir ein andermal. Ich will dir doch nur helfen.

Ich hab ja gesagt. Jeder entkommt wie er kann. Will keine Entschuldigung finden. War noch so jung. War ein Kind. Hab angefangen, Gedichte zu schreiben. Die ich Wanja vorgelesen hab. Er betrachtete mein sich wellendes Haar und sagte, lies weiter, lies. Ich höre dir zu, Liebste. Ich höre dir zu. Und dann empfing ich ihn zwischen meinen Schenkeln. Für eine Frage. Und noch eine Frage. Habe ihn im Bett gekreuzigt. Seine Flügel verknotet. Ihn besessen. Ihn zerquetscht. Ihm die Sinne geraubt.

Er hat geantwortet. Mein Name ist Wanja. Kein Schritt weiter. Bloß: mein Name ist Wanja. Ich begann von vorne, sagte mir, hier geht es um Leben und Tod. Das Flugzeug ging in zwei Stunden. Und deine Freunde? fragte ich. Auch meine Freunde nicht. Auch sie nicht, antwortete er. So bin ich. Auch meine Freunde sind so. Und mein Sohn. Geh, Füchsin, oder ich bringe dich um. Dies wird nie zu Ende gehen. Nirgends.

Als ich aus dem Bad kam, stand das Fenster offen. Wanja war weg. Ich schaffte es kaum, mir etwas überzuwerfen. Und zu verschwinden. Am Flughafen warteten der Pass auf mich und das Reisegeld. Hier dein Bündel. Von nun an fliegst du allein. Wir werden dich schon finden, wenn wir wieder brauchen. Nicht gerade schlecht für eine Anfängerin!

Das Dröhnen der Motoren erschlug mich. Oder war es die Stimme Wanjas. Immerfort hörte ich sie. Nie wird es enden. Nirgends. Und er hatte mir noch etwas gesagt. Zugeflüstert. Als wollte er nicht, dass ich es höre. Auch deine Mutter hätte es nicht besser gekonnt. Hermina hört auf die Wörter. Wörter, die zu schwanken beginnen. Die anfangen, einen Sinn zu bekommen. Ab und zu hört die Erde auf zu schwanken. Sie hebt den Kopf. Versucht, um sich zu blicken. Bewegt ihren Schädel eines vereinsamten Wolfes: Wer hat ihr gesagt, dass sie kommen soll? Dann sinkt ihr Kopf auf die Seite. Hinab in den Wirbelstrom ihrer Gedanken.

Ins irre Dröhnen. Sie hörte Wanjas Stimme. Im Kreidekreis. In der Unverletzlichkeit des Gedichts, sagt seine Stimme. Dort. Ich bin unberührbar. Dort wirst du mich jederzeit finden. Hab keine Angst. Es waren die letzten Worte, die er zu ihr sagte. Die letzten, an die sie sich erinnert. Und nun dieses Wesen, das das Zimmer in Brand steckt. Sagt. Mit den Händen im Haar. Mit zuckenden Schläfen. Mit der Stimme, die Zeit und Geschichte herausfordert: ich denke an mein Volk. Jetzt weiß ich, dass ich zu ihm gehöre. Was braucht es noch, Herr. Was braucht's noch, um zu sühnen. Wie oft muss es noch sündigen, damit sein Recht auf Vergebung anerkannt werden kann. Jahre. Hunderte von Jahren. Die Geschichte hinauf und hinab. Ich gehöre an die Seite dieses Schicksals. Identifiziere mich damit. Will Irinas Angst entkommen. Sie schlugen sie mit Stacheldraht. Irina. Wie sehne ich mich. Könnte ich nur dein Gesicht sehen. Hättest du mir doch abends jene Geschichten erzählt. Warum hast du es mir nicht gesagt. Ich hätte verstanden. Ich allein hätte verstanden. Wir wären geflohen. Hätten glücklich gelebt. Und du hättest mich unsagbar geliebt. Unsagbar. Aber sie hat ihre Befreiung abgelehnt. In mir hat sie nicht die Frucht ihres Leibes gesehen. Sondern den Spiegel der Todsünde. Niemand konnte sie retten. Und trotzdem hat es jemand versucht. Nein. Ich allein hätte sie retten können. Nein, Orestes.

Ich denke an mein Volk. An die gemordeten Kinder. An die gefallenen Albatrosse. Deshalb bin ich zu dir gekommen. Erzähle mir die Geschichte. Erwache. Lass dich nicht vom Tod wiegen. Das Leben. Hier.

Unter uns. Es fließt wie eine Quelle. Wie eine eingefrorene Quelle. Sieh diesen Spiegel. Mein Kristallgeschenk. Ich habe es dir für die Herbstabende gebracht. Ich habe dir den Spiegel gebracht, in dem sich das brennende Fenster spiegelt. Lass dich nicht enttäuschen. Zwei Feuer heben sich gegenseitig auf. Lass mich nicht allein. Ich bin gekommen, dir zu helfen, mir die Hand entgegenzustrecken. Heb die Augen und sieh mich an. Ich bin deine Tochter. Alles ist genau so, wie du es dir vorgestellt hast. Es gibt mich. Ich bin hier. Ohne Angst. Heb die Augen. Umgib mich mit Liebe. Mit Vergebung. Damit wir ein neues Leben beginnen können. Erzähl mir die Abendgeschichte. Nicht ich habe den Albatros Wanja umgebracht. Das war nicht mein Verdienst. Es gibt kein Entkommen, sagte er. Die Telefone. Die Autos. Die Mikrophone. Der Schulweg der Kinder. Die Ehefrau, Abtreibung, dritter Monat. Das Interview. Das Interview war zu viel. Ich werde noch meinen Verstand verlieren. Ich werde es unterschreiben. Und dann springe ich aus dem Fenster. Nein. Besser so. Ich stürze mich hinaus. Und unterschreibe es nicht mehr, und unterschreibe es nicht mehr. Er sagte es gelassen. Als hätte er ein Glas Wasser getrunken.

Ich erzähle dir das nicht, um eine Entschuldigung zu finden, hörte Hermina La ventana en llamas sagen. Als Marusia in unser Haus gekommen war, hätte Orestes mich liebsten eingeschlossen. Mich in eines seiner Spitäler eingeliefert. Du bist verrückt. Bist toll. Und Marusia nickte zu allem. Ja, ja. Der hilft auch keine Impfung mehr. Hör auf mich, Hermina. Auch deinen Sohn hat Orestes eingeliefert. Wanjas Sohn kann nicht

frei fliegen. Er ist das Stückchen, das aus seinem Vater herausgebrochen wurde. Man infiziert die Gesellschaft nicht mit Exaltierten und Enthusiasten.
Hermina versucht, die Augen zu öffnen. Orestes Tochter anzusehen: du und deinesgleichen. Und in alle Ewigkeit, ging ihr durch den Kopf. Sie blickte zum Sessel hin, in dem La ventana en llamas sich wie ein verlorenes Kind, ein vom Frost eingeringeltes Blatt in sich gekauert hatte.

Thérèse Dussaut

In unserem Städtchen gab es lauter kleinbürgerliche Gepflogenheiten. Oder pseudointellektuelle, wenn Sie wollen. Obwohl ich hier ganz gewiss übertreibe. In Wirklichkeit war es von einer Aufbruchsstimmung geprägt, in der jeder sensibel und gebildet zu erscheinen versuchte. Und wenn die ungesunden Wurzeln einer sogenannten guten Familie auch noch so beschämend waren, so gab es dennoch keinen, der sie sich nicht gewünscht hätte. Und sie nicht für sich beansprucht hätte. Hier kam jedermann aus einer guten Familie. Mit allem, versteht sich, was diese Tatsache mit sich brachte. Auf diese Weise gaben die kleinen Laster weniger Anlass zu Schuldgefühlen. Jedes Körnchen guter Eigenschaften wurde ins Unermessliche vergrößert. Jeder Charakterzug erlangte ein ungeahntes Gewicht und verlieh der Stadt sowie jedem einzelnen ihrer Bewohner Identität.

Möglicherweise übertreibe ich. Doch was kann ich dafür, wo ich doch selber aus einer guten Familie komme. Die Leute aus meinem Umkreis kamen alle aus guten Familien. Auch wenn es der neuen Ära noch nicht gelungen war, zwischen ihnen die Gewohnheiten alter Unterschiede auszulöschen. Ich erinnere mich zum Beispiel an meine Mutter, die aus einer recht guten Familie stammte, sich jedoch als Proletarierin begriff – obwohl man ihr dieses unter keinen Umständen ins Gesicht sagen durfte: da hätte sie sofort die Krallen des Wappentieres gezeigt und irgendein versoffenes, vagantisches französisches Überbleibsel aufs Tapet gebracht – ich erinnere mich also an meine Mutter, wie sie am Haus der Pippi Klein vorüberging. Tja. Und wie ich bei denen im Hof spielte. Die hatten auch ein Planschbecken. Swimmingpool, wie man so sagt. Und die waren erzogen. Hatten eine Klavierlehrerin und alles mögliche. Das war eine starke gute Familie. Wir waren Kolleginnen an der Notre-Dame. Und diese mit der Notre-Dame erregte Aufsehen wie eine Kanonenkugel von 10 Tonnen. Zusammen mit der ungesunden Abstammung. Denn, wie man sieht, haben diese Dinge alle auf die eine oder andere Weise ihr Gewicht. Dann das französische Überbleibsel, versoffen und vagantisch. Das war wie ein Mythos. Obwohl es auch ein Revolutionär im Exil hätte sein können. Mutter gefiel es, das zu glauben. Vielleicht war es auch wirklich so. Irgend etwas muss da gewesen sein. Denn die Urgroßmutter, die aus einer noch besseren Familie kam, behauptete, es sei sogar ihr Vater gewesen. Doch Urgroßmutter hatte nicht nur eine ungesunde Abstammung, sie war obendrein auch sehr alt. Wenn nicht sogar senil. Nein, das nicht. Denn viele Dinge, die sie vorausgesagt hatte, trafen unweigerlich ein. Angefangen mit der Verteuerung der Buskarten.

Sie verlangen von mir, wenn ich richtig verstanden habe, einen nüchtern abgefassten Lebenslauf. Und ich kann Ihnen bloß versichern, dass ich aus einer guten Familie stamme. Mein Vater hat gar keine Schuld. Fettnäpfchen. Und ich noch viel weniger. Ich spiele gern Klavier und glaube, dass meine Prinzipien gesund

sind. Auch wenn ich mit ihnen nichts anfangen kann. Ich habe den Eindruck, ich drücke mich haarsträubend aus. Unverantwortlich. Sie können mir vorwerfen, dass ich mich konfus ausdrücke. Sie können mir sogar vorwerfen, dass ich eine konfuse und unverantwortliche Person sei. Dass ich nicht zurechnungsfähig sei. Ja sie können mir noch viel ärgere Dinge vorwerfen.
Ich könnte schweigen. Diese Dinge nicht ins Gespräch bringen. Obwohl sie Details darstellen. Nuancen. Die Realität kann präziser verkleidet werden. Summarischer. Allgemeiner. Bequemer. Ich aber komme aus einer guten Familie. Ich weiß nicht, ob sie das Wort „gründlich“ * kennen. Ich verwende es nicht aus Snobismus, sondern weil es wirklich das einzige ist, das mir suggerieren kann, wie man an die Dinge herangehen muss. So hat Mutter es immer verwendet. Sehen Sie es bitte als ein Familienerbe an.
Möglicherweise interessiert Sie das alles gar nicht. Obwohl, wenn ich so zurückdenke. Und ich tu es. Sie selber sehen aus, als kämen sie aus einer guten Familie. Es fehlt Ihnen nicht an Raffinesse. Doch es ist eine rohe. Eine kalte. Eine nicht assimilierte.
Ich lese diese Erklärung noch einmal durch und stelle fest, dass ihr Ton irgendwie aggressiv klingt. Aggressiv gegen wen, frag ich mich. Eine sinnlose Aggressivität. Ohne mittelbaren Zweck. So wie es üblich ist, falls ich das richtig beobachtet habe. Ich möchte nicht weiter auf Einzelheiten eingehen. Auf Details. Damit meine Lage sich nicht noch mehr kompliziert. Eigentlich wollte ich meine Pflicht erfüllen. Besser gesagt, ich

* Im Original deutsch

wollte das tun, was Sie von mir verlangt haben. Obwohl ich bei Gott nicht weiß, wozu Ihnen das nützen könnte. Meine persönlichen Daten. Meine Kaderakte. Reisen ins Ausland. Freie Meinungsäußerung. Das geht alles durcheinander in meinem Kopf. Unliebsame Verwandte. Meine ganze Existenz, die schon vor meiner Geburt kompromittiert war.

Ja, und ich wollte eine absolut korrekte, überprüfbare Erklärung schreiben. Aus der kein Wort wegzensiert werden muss. Ich gebe mir Rechenschaft, dass ich das nicht kann. Das heißt, dass so etwas nicht möglich ist. Wenn ich ein ehrlicher Mensch sein will. Ich weiß. Das zeugt von Geschmacklosigkeit. Trotzdem. Dass ich mich vor Ihnen entblöße. Ich könnte es Ihnen eigentlich viel einfacher sagen. Der Vater Bauer. Die Mutter intellektuelle Proletarierin. Man könnte die Dinge auch so betrachten. Eigentlich gilt immer der Vater. Ich käme billiger davon. Und es wäre überhaupt keine Lüge. Auf ihre Weise war Mutter eine Proletarierin. Und Mitglied im Jugendverband. Aber wer war damals nicht im Jugendverband.

Ich schreibe diese Erklärung reinen Gewissens. Immer wieder träume ich aber, dass mich jemand mit Gewalt in eine Klinik sperrt. Es ist, als hätte ich eine Vorahnung.

Nein, ich glaube nicht, dass dies zur Erklärung gehört. Ich habe kein Schuldgefühl. Vielleicht habe ich einen Schuldkomplex (?!). Sollte es so sein, dann habe ich ihn aus grauer Vorzeit geerbt.

Es ist ein Uhr. Und Sie zwingen mich, meinen Lebenslauf abzuliefern. Ich weiß gar nicht, ob es nicht besser

wäre, alles zu zerreißen. Damit jede Spur verschwindet. Doch könnte das auch bloß dahin führen, den alten Komplex noch um eine Generation weiterzuschleppen.
Sie wollen aus mir einen neuen Menschen machen. Ich bin ein neuer Mensch, auf alte Grundmauern gebaut. Ich meine, dass ich ein dauerhafter Mensch bin. Ich meine, dass ich es nicht verdiene, zurechtgestutzt zu werden. Denn ein Mensch bin ich. Und der Mensch ist ein komplexes und widersprüchliches Wesen. Ich meine, dass es Sie eigentlich gar nicht interessiert, was ich meine. Und ich meine noch, dass das schade ist.
Ein Urgroßvater ist nach Amerika gegangen an einem Morgen, auf dem Weg zum Zeitungskiosk, wie man so sagt. Ein Ururgroßvater ist aus Frankreich geflüchtet. Kann ich diese Dinge wohl verschweigen? Mit aller Ehrlichkeit erkläre ich hiermit, so leid es mir tut, dass ich mich für ihre Taten nicht verantwortlich fühle. Gleichzeitig erkläre ich, dass mir andere Einzelheiten aus meinem Stammbaum nicht bekannt sind.
Und wenn ich bedenke, dass ich über das Milieu berichten wollte, in dem ich aufgewachsen bin. Sie haben mich gefragt, welches meine Verbindungen zu Thérèse waren. Wie Sie vermuten, stammt sie aus Frankreich. Ich weiß nicht allzu viel über sie. Ich war ein Kind. Und alles schien möglich.
In unserem kosmopolitischen Städtchen sprach jeder auch irgendeine Fremdsprache. Und uns schien das gar nicht befremdend. Jeder sprach wenigstens eine und war bemüht, eine zweite zu erlernen. Ich selber spreche heute noch Deutsch, Französisch und andere

mehr oder weniger wichtige Sprachen. Ich behaupte das nicht aus Unbescheidenheit. Sondern weil es keinesfalls gut wäre, derartiges zu verschweigen. Und vor allem, um auf eine gewisse Mentalität hinzuweisen. Denn meine Urgroßmutter hegte die feste Überzeugung, dass ein Mensch sich aus mehreren Menschen zusammensetzt, und zwar aus so vielen, wie viele Sprachen er beherrscht. Übrigens weiß ich nicht, ob die Wendung überhaupt übersetzbar ist. Ursprünglich wurde sie deutsch ausgesprochen.
Vielleicht glauben Sie, ich wolle mich wichtig machen. Herausfordern. Täuschungsmanöver versuchen. Ich glaube, ich war noch nicht einmal zehn, als ich Thérèse kennenlernte. Sie war hochgewachsen. Schön. Wenigstens schien es mir so. Sie war jung und begabt. So schien es mir. Und dass ich sie kennengelernt habe, ist nicht einmal meine Schuld.
Gerade das wollte ich Ihnen erklären, von Anfang an. In unserem Städtchen herrschte eine kosmopolitische Atmosphäre. Jeder wollte auf möglichst mehr Familientradition zurückblicken können. Wer sie nicht hatte, legte sie sich zu. Sie könnten meinen, dass ich jetzt die Stadt bloßstellen wolle. Um selber glimpflich davonzukommen. Um mich in Ihren Augen zu verteidigen. Nun gut, ich kann's ja doch nicht verheimlichen. Mutter ließ mich Klavierunterricht nehmen. Balettunterricht. Fremdsprachen. Mach kleine Schritte. So sagte sie. Sie verstehen, das war für unsere Zeiten nicht gerade erzieherisch. Mach kleine Schritte. Iss langsam. Dräng dich nicht vor. Halt die Ellenbogen unten. Sitz gerade. Heb den Teller nicht an. Beiß nicht in die Brot-

scheibe. Schau in deinen eigenen Teller. Stöbere nicht in fremden Häusern herum. Auch mit den Blicken nicht. Ich weiß nicht, ob diese Dinge meine Persönlichkeit verändert haben. Sie haben sie gedämpft. Ich weiß, dass sie aus einer untergegangenen Welt kommen. Wo die Mädchen zu Frauen erzogen wurden. Und die Frauen Blumen zu sein hatten.
Ich wiederhole, dass ich keine Meinung ausdrücke. Ich gebe bloß eine Erklärung ab. Thérèse war wie eine Blume. Thérèse spielte Klavier. Und sie kam aus einer andern Welt. Uns war das entgangen.
Unser Städtchen war musikliebend. Wir hatten auch einen Komponisten, Herrn Kleckner. Was kann ich dafür, dass er so hieß. Wir nannten ihn „Kätschkä", auf Ungarisch bedeutet das Ziege. Oder Ziegenbock. Die Geschichte dieses Spitznamens gehört der Generation unserer Eltern an. Ma-me-mi-mo-mu, Ta-te-ti-to-tu. Die Gesangsstunden ,waren ein Kicher-Chor zwischen Vokalisen. Der Kanon war die reinste Ausschweifung. Dennoch war uns das sonntägliche Konzert heilig. Und wir gingen hin, wie wir zur Sonntagsschule gingen.
Näherte sich das Wochenende, so begann es in unserem Städtchen zu gären. Abgesehen von der Intelligenz. Alle warteten auf das wöchentliche Gastspiel der Philharmoniker. Und einmal im Monat etwa nahm das Ereignis riesenhafte Dimensionen an. Die Damen ließen sich neue Toiletten schneidern, die Herren bemühten sich, mit dem politischen Geschehen auf dem Laufenden zu sein. Die Kinder stopften ihre Taschen mit Bonbons voll. Und mit Zitronen. Einmal im Monat kam mit dem Orchester auch ein ausländischer

Gastsolist. Stellen Sie sich mal vor, was das für unser bescheidenes, kosmopolitisches Städtchen bedeutete. Bis heute weiß ich nicht, wessen Schuld es war. Wessen Idee. Französisch lernte ich jedenfalls meiner Mutter zuliebe. Sobald man erfahren hatte, dass Thérèse kommen würde, ging es in der Stadt wie in einem Narrenhaus zu. Und dann Supi. Die übrigens Superceanu hieß. Fräulein Superceanu. Das klassische Bild der Französischlehrerin. Mit geröteten Ringen um die Augen. Unter den goldgefassten Brillengläsern. Mit einem Haus voller Porzellan. Besser gesagt mit einem Haus, das in ein Zimmer voller Porzellan und Silberzeug gezwängt war. Supi. Sie war auch die Lehrerin meiner Mutter gewesen. Als diese Klosterschülerin in Notre-Dame war. Wo die Mädchen zu Blumen erzogen wurden. Zu Müttern und Blumen. Supi. Die selber eine Blume war, welk und ohne Früchte. Und die mich liebte, als wäre ich ihr Kind. Sie hat für mich eine verschnörkelte, bombastische Ansprache entworfen. Mutter hatte nichts anderes mehr zu tun, als sich um einen Blumenstrauß zu kümmern. Und da schon die Rede darauf kommt: Nie mehr hab ich so schöne Sträuße gesehen wie die von Schatz. Das war einer der Blumenhändler im Städtchen. Ich will niemandem ein Loblied singen. Was soll ich tun, wenn die Leute so hießen. Muss ich wohl die Realität verschleiern. Der Strauß war riesengroß und wunderschön. Fleischige duftende Rosen. Die Begrüßungsrede endete etwa so: *Je vous offre ce bouquet de fleurs comme hommage de mon profond amour pour la musique.*

Ich wiederhole. Ich war noch nicht einmal zehn.

Thérèse schloss mich in die Arme und küsste mich. Man fotografierte uns. Das Foto haben Sie ja gesehen. Unser Briefwechsel war äußerst naiv und ohne irgendwelche Hintergedanken. Wir schrieben uns einige Jahre lang. Dann hörte die Korrespondenz plötzlich auf. Von mir hieß es, ich sei ein Wunderkind gewesen. Und Thérèse habe das geglaubt. Supi schrieb ihr durch mich. Ich wäre selbstverständlich nie imstande gewesen, so etwas zu tun. Es ist mir nicht bewusst, dass in den Briefen irgendein verdächtiger Satz hätte drinstehen können. Übrigens war Supi eine verwelkte Blume, die die Musik tatsächlich über alles liebte.

Bukarest, 26.-27.11.1984, nachts

Der Zug fährt auch nach Marrakesch

Die Pangeorgescus stritten sich aus Gründen, die man kaum nachvollziehen konnte. Herr Pangeorgescu war mit einer neuen, noch nie dagewesenen Idee angekommen. Ein Spion sollte in die Tür zum Kinderzimmer. Frau Pangeorgescu hielt dagegen. Der Streit war wohlbegründet. Die verletzte Partei, so die Meinung von Frau Pangeorgescu, wären die Kinder.

Die Familie Pangeorgescu. Oder Pange. Oder PGS. Wie auch immer. Eine beliebige Familie mit kilometerlangem Namen, die seit Jahr und Tag davon träumte, in eine eigene Wohnung zu ziehen. Denn, obwohl Frau und Herr Pangeorgescu ihre staatsbürgerlichen Pflichten erfüllten, sie sogar übererfüllten, dabei viele Dinge, darunter auch ihr eigenes Leben, mit Füßen traten, somit auch in den Genuss eines respektablen staatlichen Darlehens gekommen, Besitzer eines Paares Zweibeiner und zweier stelzenfüßiger und rachitischer Vierbeiner geworden waren … Mithin sagen wir also, dass V. Pangeorgescu & Co noch keine richtige Wohnung hatten.

Eigentlich sollte Visarion Pangeorgescu Politiker werden, aber er verzichtete auf diesen Start. Er neigte der Wissenschaft zu. Also wurde er Psychologe, falls es so etwas gibt.

Er war zu einem Zeitpunkt, der als das strahlende Morgengrauen der Befreiung in die hiesige Sprachgeschichte eingegangen ist, in einer *gesunden* Familie geboren worden. In der ganzen Familie gab es keinen, der sich etwas vorzuwerfen gehabt hätte. Nicht einmal einen Pass. Keinen Fleck. Der Vater, ein rundlicher und leutseliger Mann mit einer lustigen Glatze, hatte die Kollektivierung mit der Waffe in der Hand mitgemacht. Mit bestimmt.

Ehei, das waren glorreiche Zeiten, sagte Visarion Pangeorgescus Vater bei etwaigen Jubiläen oder Feiertagen, an denen sich die gesamte Familie versammelte. Ehei, was wisst ihr schon! Keine Ahnung habt ihr. Ihr kriegt alles fertig aufgetischt. Und es gibt nichts auf der Welt, das V. Pangeorgescu mehr hasste als diesen Satz. Obwohl, alles was recht ist, es war nicht mehr und nicht weniger als ein herkömmlicher Satz. Konvention. Eine billige Behauptung. V. Pangeorgescu aber hatte sich geschworen, ihn niemals auszusprechen.

Nun ja, was wisst ihr schon, da, wie man ja sehen kann, alles fertig auf euch zukommt. Ehe-hei. Ehei. Der leutselige Vater von PGS lachte sein breites Lachen. Das das ganze Zimmer füllte. Und hüllte sie damit, Tränen in den Augen, alle ein, Kinder, Enkel. Auch die Urenkel hätten hineingepasst, wären da welche gewesen. Tränen flossen. Denn er war romantisch. Noch aus jenen abenteuerlichen Jahren, als noch was passierte. Etwas eingerissen wurde. Und etwas aufgebaut. Ach, wie ergreifend das klingt.

Gewiss, der Vater war zu jenen Zeiten noch recht jung. Und die Jugend vermutet immer mehr hinter manchen Dingen. Hinter anderen weniger. Wir zitieren:

In der Jugend baust du auf. Als Erwachsener sicherst du den Bau ab. Wir zitieren aus den weisen Gedanken des alten Paraschiv Pangeorgescu. Sein Sohn V. Pangeorgescu ist auch jung. Noch jünger. Und man hatte es ihm vorgeworfen. Jedoch, er hatte viele Etappen übersprungen.

Seinen rundlichen Vater hatte V. Pange auf einem Foto gesehen. Auch damals schon kahl. Und damals schon lustig. Obwohl das Foto die Pistole unsterblich gemacht hatte. Das aber ist gewesen. Vor langer Zeit. Als er *die Kollektivierung machte*. Ein weiterer typischer Satz.

Herrn Pangeorgescu fiel auf, dass in keiner einzigen Geschichte seines Vaters das Wort *Zweifel* vorgekommen war. Dafür war er heiter, entschlossen und voller Elan. Mit der Waffe im Gürtel. Die Zukunft aufbauend. Ehehei! Was waren das für Zeiten. Während V. Pangeorgescu die Wut packte, wenn er daran dachte. Wieder und wieder. An jenes bedrückende Jahrzehnt. Das bedrückende Jahrzehnt. Was aber ist das für ein Satz. Und Visarion, welchen Typ vertritt er wohl.

Hunderte Male schon hatte der rundliche Vater Abenteuer aus seiner romantischen Zeit erzählt. Aus der Zeit der Überzeugungen. Und des Überzeugtseins. Denn die Überzeugungen führten sehr weit. Nie versäumte er, jenes idiotische Ereignis zu erzählen. Etwa: Da war einer in unserem Dorf. Turcu hieß er. Der Teufel weiß, warum. Er hieß Turcu. Nachbar der Iliess. Derer im Tal, neben der Ilinca des alten Costache. Der wollte nicht, wollte um nichts in der Welt in die Kollektivwirtschaft. Wollte nicht, und Schluss. Nun, wenn der Mensch nicht will. Will er nicht. Was soll man machen. Aber die Genossen vom Bezirk meinten, dass es so nicht geht. Wir hätten keine Überzeugungskraft. Wir sollten ihn mitnehmen, damit er selbst alles sehen könne. Mit eigenen Augen. Sie sagten uns, was wir nicht noch alles mit ihm tun sollten. Und was kommt dem Unterzeichnenden dann in den Sinn. Gut. So. Wenn es denn sein muss. Wenn der Mensch überzeugt werden muss. Dann helfen wir ihm eben. Und so haben wir auch das letzte rückwärtsgewandte Überbleibsel aus unserer Gemeinde getilgt. Und die erfolgreiche Erfüllung der Pflichten und Aufträge an den Bezirk gemeldet. Unter uns hatten wir auch einen siebenbürgischen Spaßvogel. Guter Junge. Der Mensch war vor *irgendetwas* davongelaufen. Hatte sich zu uns verkrümelt. Er hat sich als erster in die Partei eingeschrieben. Ich hab meinen Plan dem Gen. Boros erzählt. Boros hieß er. Hör mal, Gen. Boros. So und so. Das sollen wir tun. Was sagst du? Würden wir ihn überzeugen? Hm, hm. Ha-ha-ha-ha! Nicht schlecht. Und er strich sich über den Husarenbart. Werden wir es im Guten versuchen. Aber wie bist du auf diese geniale Idee gekommen, Gen. soundso. Ich, soundso, sage, einfach so. Sie kam mir eben. Denn der Mensch fürchtet sich doch vor den Russen. Also. Gesagt, getan. Wie man so sagt. Eines abends setzten wir uns mit zwei Genossen vom Bezirk zusammen. Die Turcu nicht kennen durfte. Dann sind wir alle zu ihm hingegangen. Nun, Genosse Turcu, betonte ich. Wir wollen … Fick deine Mutter, ich bin kein Genosse, lautete sein warmherziger Empfang. Nun … Genosse Turcu. Und wie verbleiben

wir mit der Kollektivwirtschaft? Während ich für ihn etwas Zucker aus der Tasche holte. Wie verbleiben wir mit der Kollektivwirtschaft! Wir verbleiben, wie ich es beschlossen habe, sagt er. Beschlossen ist beschlossen. Du willst dein Wort also nicht zurücknehmen. Aber sieh, wir sind gekommen, um dich in ein kollektiviertes Dorf zu bringen. Dir die Vorteile zu zeigen. Damit du's mit eigenen Augen sehen kannst und dich dann entscheidest. Und nach einem Schnaps oder zweien: Nein, dass ginge ihn nichts an. Und noch ein Schnaps oder zwei: Nun gut, Leute. Damit ihr nicht sagt, ich sei ein böser Mensch. Oder ich hätte kein Vertrauen in die Partei. Denn ich bin nicht dagegen. Aber ich will nicht eintreten. Ich will bleiben, wo ich bin, wenn ihr's mir gestatten wolltet.
Und dann stiegen wir alle in einen Kastenwagen. Etwa so hatte auch Turcu es nachher den Dorfbewohnern erzählt. Rasend vor Zorn: Und wir stiegen ein, die Christuspisser und ich. Und plötzlich merk ich, dass keiner mehr ein Wort sagt. Und der Chauffeur fährt und fährt. Tanase, sag ich. Wir müssten angekommen sein. Aber Tanase fuhr und fuhr und tat so, als hörte er mich nicht. Alle sahen sie stumm zum Fenster hinaus. Und durchs Fenster sah man die Dunkelheit. Herr, Genosse Boros, sag ich wieder. Ich will nirgends mehr hinfahren. Fahrt mich nachhause, sag ich. Aber nichts. Als hätten sie ihre Zungen verschluckt. Meine Frau wartet auf mich. Sie fuhren mich immer weiter.Und ich sagte wieder, lasst mich hier raus, ich finde schon alleine den Weg nachhause. Obwohl ich kaum einschätzen konnte, wo wir waren. Wir fuhren gerade durch einen

Wald. Was mag das für ein Wald sein, fragte ich mich in Gedanken. Denn unser Dorf hat keinen. Und immer wieder rechnete ich nach, wie lange es schon her sein mochte, dass wir fuhren. Dann gings über ein Wasser. Und wieder eine Brücke, die der bei uns ähnelte. Doch wir fuhren weiter. Und der Chauffeur fuhr und fuhr … Was das Zeug hielt. Fahr zu, sagte schließlich einer. Fahr, denn es ist noch weit. Und das war alles, was er von sich gab. Zog sich wieder ins Schweigen zurück. Euch hat der Pope die Zunge abgeschnitten, sag ich. Wobei ich wirklich keine Lust auf Scherze hatte. Diese Nichtsnutze hatten mich eingeklemmt. Zwischen einem mit Brille und einem mit Händen so groß wie Stalins Herz. Ich konnte mich nicht rühren. Sie aber blickten starr aufs Fenster. Aber ich spürte den Hass in ihren Augenwinkeln.

Nach einiger Zeit, als ich etwas sah, das unserem Fluss ähnelte, drehte einer sich zu mir hin. Der mit der Brille: Genosse. Wir sind aus der Hauptstadt. Wir sind hier, weil wir dir noch eine Chance geben wollen. Wir bauen eine neue Welt auf. Dazu benötigen wir Leute mit Bewusstsein. Die Verräter sollen verrecken. Die Saboteure werden verschwinden. Dann mischte der mit den Schaufelhänden sich ein. Volksfeinde haben unter uns nichts zu suchen.

Sieh, sagt nun der andere. Wir sind an der Grenze. Dies ist der Pruth. Drüben ist die große und siegreiche Republik der Sowjets mit ihrer mächtigen, unbesiegbaren und blutüberströmten Armee. Wir bringen dich über den Pruth und lassen dich dort. Sollen die sich mit dir rumschlagen.

Als ich dies hörte, hätte ich fast den Verstand verloren. Was, sag ich. Zu den Russen? Mich bei den Russen lassen? Wer in Dreiteufels Namen geht schon zu den Russen. Ich, Genossen, bin kein Feind. Und unterschreibe alles, was ihr wollt. Bringt mich bloß wieder auf meinen Hof. Denn ich habe nichts, was mir auf dieser Welt lieber wäre.

Und hab unterschrieben. Hol's der Teufel. Und hab mich kollektiviert. Und dann haben sie mich in einer halben Stunde nachhause gebracht. Denn die ganze Nacht waren sie mit mir ums Dorf gefahren, die Nichtsnutze. Und der Wald war die Baumgruppe in der Senke vor dem Dorf.

Die Wurzeln des Herrn Pg. waren tief im moldauischen Boden verankert. Wie gesagt, er war von gesunden Eltern geboren worden. Jungen und romantischen. Seine Mutter war Dorfbibliothekarin, die die Mission hatte, den Verstand der Menschen zu erleuchten. In der ganzen Familie von V. Pegese oder Pange oder Pagese gab es keinen einzigen schwarzen Fleck. Während der rechte Flügel. Nicht der von rechts. Sondern mütterlicherseits. Heute die Geschicke des Dorfes leitet. Denn aus dem Dorf ist eine Gemeinde geworden, die zur Urbanisierung vorgeschlagen ist. Eigentlich gibt es in der ganzen Familie von V. Pegese immer jemanden, der wichtig ist und etwas leitet. Wenigstens die Kunst- und Kulturkommission. Eine erlaubte Kakophonie, eine ideologische.

Immer, die Zeiten vergingen, waren Pegeses Eltern beschäftigt. Und stiegen immer wieder auf. Eine Zeit lang jedenfalls. Von da nach da. Von der Arbeiterjugend zur Arbeiterpartei. Von der Gemeinde zum Bezirk. Vom Bezirk zum Kreis. Dort aber klemmte es ganz schön. Verleumden! Verleumden! Immer bleibt was hängen. Und sie traten, ja ich würde fast sagen, auf der Stelle.

V. Pegese wurde in einem rundum revolutionären Geiste erzogen. Revolutionärer noch als die Wirklichkeit. Sein Bild von der Gesellschaft war anachronistisch. Und wir sollten dafür ein kleines Beispiel geben. Sehr spät erst konnte er es akzeptieren, dass es bei uns, sprich hierzulande in der von seinen Eltern aufgebauten Gesellschaft Verleumder gab. Von sich ausgehend, meinte er, die ideologische Kehrtwende sei so drastisch gewesen, dass sie alles Böse abgewürgt habe. Und die hässlichen Gefühle wären alle vertrieben worden, jenseits des Eisernen Vorhangs. Wozu hätte dieser sonst auch nützen sollen. Lange war V. Pegese der Überzeugung, die Menschen bildeten alle eine kompakte Masse, eine Welle, die das Schiff auf dem Meer voranzuschieben trachte. Er war so fortgeschritten in seinem Glauben, dass er im Grundschulalter, als er im Geographicunterricht etwas über die Vereinigten Staaten von Amerika hätte lernen sollen, dies verweigerte. Eine prinzipielle Angelegenheit. Was wir anerkennen müssen. Denn nur mit einiger Nachsicht betrachtet, kann man es als übertrieben ansehen. Oder als vollkommen falsch.

Etwa zur gleichen Zeit des Grundschulaters, er hatte sich gerade zum Pazifisten erklärt, begann er mit Schießübungen. Ebenfalls eine prinzipielle Angelegenheit, wie zu vermuten ist. Luftdruckpistolen gegen die Imperialisten. Was waren das für Zeiten. Nicht Söldner wollte er sein. Sondern Kämpfer für die Sache der Kubaner.

Seit damals jedoch hat vieles sich verändert. Selbst PGS. Wir wissen allerdings nicht, ob er sich grundsätzlich geändert hat. Seiner Struktur nach blieb er ein Romantiker. Eine Sache der Vererbung, zweifellos. Es gab keinen Film, in dem die Bilder der Befreiung, der Defiliermarsch beim Einzug der unbesiegbaren Armada, ihm keine Gänsehaut verursacht hätten. Aus Dankbarkeit. Aber auch wegen anderer erhebender Gefühle. Auch später, als sein Bild vom Kapitalismus etwas umfassender geworden war, und er verstanden hatte, dass er niemandem etwas schuldete, gelang es ihm nicht, sich von seinen Begeisterungen lösen.

Am 1. Mai und am 23. August, der Tag der Befreiung, stopfte er sich mit Speiseeis voll, heftete sich Kokarden an die Brust und schwenkte Luftballons, ließ so seine Aufgeregtheit abkühlen angesichts des rundlichen Vaters, der in einstudierter Pose auf der Tribüne erstarrt war. Auf dessen Brust glitzerten eine neue Auszeichnung und einige bunte kleine Rechtecke, Zeichen äußerster Bescheidenheit, denn er hängte sich nun nicht mehr seinen Lindwurm von Auszeichnungen um, sondern zeigte sie nur noch in einer verkürzten Form. Was hatten die heimlichen Erkundungen des Schrankes im Elternschlafzimmer Visarion Angst und Aufregung gekostet. Wohlverborgen lagen Schachteln und Schächtelchen darin, unzählige Etuis und Schatullen, mit einem Stoff überzogen, der ein feines Leder imitierte. Leder von Tieren aus warmen Ländern. Jene

Schatullen, in denen besonders weißes und besonders glänzendes Papier lag, auf dem *Urkunde* stand. Und unten auf der Seite war die Unterschrift. Richtig, Die Unterschrift. Welch geheime Befriedigung ihm diese Unternehmungen einbrachten. Niemand hätte sich dies vorstellen können.

V. Pegese hatte keine Geschwister. Er musste mit niemanden teilen. Seine Eltern hatten sich mit einer einzigen Kindergeldzulage begnügt. Um es einmal so zu sagen. Irgendwann hatten sie diese angelegt. Auf das staatliche CEC. Dann ist auch die den Bach runtergegangen. Mit der Zeit. Den Zeiten. Mit dem Appartement. Denn Pegeses Eltern besaßen eines. Nach langwierigen Auseinandersetzungen in der Familie, nach langen Bewusstseinsbildungsprozessen und Analysen, die sich ebenso lang hinzogen und ebenso gründlich waren in der Art der Erörterung prinzipieller und ideologischer Probleme, wenn Sie so wollen, waren Pegeses Eltern Besitzer eines Appartements der verbesserten Komfortstufe Ia im Zentrum der heimatlichen Kreisstadt von PGS geworden. Es liegt auf der Hand, dass ihnen dies von der Partei nicht übelgenommen wurde, denn das Appartement war weit davon entfernt, eine Villa zu sein. *Im Winter in Sinaia, im Sommer in Mamaia*, wie es im Lied heißt. Der rundliche Genosse Pegese habe den allgemeinen Prinzipien nicht allzu sehr auf den Schwanz getreten. Bei all ihrem Bestreben, die vorgegebenen Pflichten würdig zu erfüllen. Bei all ihrer Treue, ihrem hohen politischen Niveau, haben die Eheleute PGS-Senior ihr Leben lang wegen des Geldes gejammert. Und mit

Ungeduld die Zeiten erwartet, da das Geld verschwinden sollte. Und jeder nach seinen Bedürfnissen vergütet würde.
Und die Bedürfnisse der Familie PGS waren nicht außergewöhnlich. Sie hatten die Gewohnheit, Fleisch zu kaufen, Milch, Käse, Eier, Gemüse, Salate, Grünzeug, Süßigkeiten, Zahnpasta, Seife, Sprays, Toilettenpapier, Servietten, Nylon- oder Seidenstrümpfe der Marke Kapron, sie trugen Sommerschuhe, Herbstschuhe, Winterschuhe, Mäntel, Überzieher und Badeanzüge. Dann lasen sie noch Parteizeitungen und das eine oder andere sogenannte Fachbuch. Obwohl, die Genossin, V. Pegeses Mutter manchmal kleine Treulosigkeiten beging und heimlich Liebesromane las. Und mit Verblüffung müssen wir feststellen, dass sie mitunter sogar gute Literatur mochte. Obwohl sie genau so begierig *Mitrea Cocor, Wie der Stahl gehärtet wurde* las. Sie sehen, dass diese im übrigen eingeschränkten Bedürfnisse das Budget der Familie voll und ganz in Anspruch nahmen, wobei der Geldbetrag für die Erziehung von V. Pegese aufgewendet wurde, noch dazu kam.
Dieser Betrag wiederum war eine der wichtigsten Ursachen für die Familienstreitigkeiten. Auseinandersetzungen, die mitunter so weit gingen, dass sie sogar in Gewalttätigkeiten ausarteten. Denn die Genossin Tamara Pegese, also Vaupegeses Mutter, hatte sich im Laufe der Zeit einiges Geschick in der Handhabung der Kochtöpfe und anderer häuslicher Gegenstände angeeignet, wie auch in der, Fertigkeit, mit denselben zielgenau zu werfen. Das Ziel war, wie man sich

unschwer vorstellen kann, die herausragende und entspannte Persönlichkeit des Genossen Pangeorgescu. Mitsamt seiner glänzenden Glatze. Der sich anscheinend von den Argumenten der oben genannten Person beeindrucken hatte lassen. In Wirklichkeit jedoch ein Mensch mit stählernen Nervensträngen war.

Genossin Tamara, väterlicherseits verwaist, wünschte sich, die Tochter intellektueller Proletarier zu sein. Denn es kommt schließlich darauf an, die Begeisterung mit einem gesunden Dossier abstützen zu können. Ihr Vater war genau zur richtigen Zeit gestorben, so dass er ihre Zukunft mit seiner wachsenden Leidenschaft für den Alkohol nicht mehr kompromittieren konnte. Von zartester Kindheit an hatte sie den Impuls verspürt, sich zu organisieren. So dass sie für eine kurze Zeit, es stimmt, einer faschistischen Organisation namens Strajeria angehört hatte. Und es stimmt ebenso, dass sie, wäre dies nötig gewesen, diesen Makel mit der für jenes Alter spezifischen Naivität und Unwissenheit gerechtfertigt hätte, sie als falsch verstandene Pflicht und Schuldigkeit dargestellt hätte, was dem zu jener Zeit sehr niedrigen politischen Bewusstseinsniveau anzulasten gewesen wäre, ja sie hätte dieses Engagement sogar mit der Angst vor dem Unterdrücker begründet. Aber zu ihrem Glück hatte es niemand für nötig befunden, Einzelheiten von ihr über jenen Lebensabschnitt zu erfragen, oder aber es war schlicht und einfach so, dass sich selbst in die Dossiers, die mit der größten Genauigkeit angelegt worden waren, Leerstellen und Fehler einschleichen konnten. Wieder einmal zeigte es sich. Nichts auf dieser Welt ist vollkommen. Wobei über dieses kleine und unwichtige Detail nicht einmal Pangeorgescu, der Lebensgefährte, unterrichtet war.

Genossin Tamara war in einer siebenbürgischen Provinzstadt geboren worden. Umstände, die nicht von ihrem Willen abhingen, hatten ihre Familie ins Altreich verschlagen. Und diese Umstände hätte man Flucht nennen können. Ihre Mutter war Hebamme und ihr Vater Eisenbahner. Und einmal sogar Bahnhofsvorsteher in Chitila. Genossin Tamara besuchte eine Handelsschule. Ausgerechnet zu diesem Zeitpunkt fand der Vater es angebracht zu sterben, was die Familie in finanzieller Hinsicht unangenehm berührte. Jedoch ermöglichte Fräulein Tamaras Annäherung an die Bewegung der sich ausgebeutet fühlenden Jugend, die darauf brannte, beim Aufbau einer neuen Welt mitzuwirken.

Dies war der Augenblick, in dem sie die zukünftige Absolventin Tamara spürte, dass ihr Bewusstsein erwachte. Dass sie erkannte, dass Menschen von Menschen ausgebeutet werden. Dass sie selbst eine Ausgebeutete war. Dass einige Menschen andere ausbeuten. Die ihrerseits wieder andere ausbeuten. Und immer so weiter. Bis zu jenen, die schließlich niemanden mehr haben, den sie ausbeuten können. Und im schlimmsten Fall ihre Gewalt gegen die Tiere richten. Deshalb schrieb sie sich in die Arbeiterjugend ein, UTM. Und mit dem Abschluss der Handelsschule wurde sie ausschließlich auf diesem Gebiet tätig.

Genossin Tamara war ein dunkelhäutiges, feingliedriges Wesen mit zwei dicken Zöpfen, die ihr den Rücken herabhingen, und einem nostalgischen Lächeln in den Mundwinkeln, was unwillkürlich die Aufmerksamkeit eines gewissen Paraschiv Pangeorgescu erregte, der aus der Hauptstadt gekommen war und ebenfalls ausschließlich für die Arbeiterjugend aktiv war. Einer der neu aufgenommenen Funktionäre, die man noch darin unterwies, die Zukunft im Blick zu haben. Und sie zu bezwingen. Das heißt, jede Abweichung von der vorgezeichneten Bahn zu verhindern.

Paraschiv Pangeorgescu war in bescheidener Aufmachung in Bukarest eingetroffen. Sie bestand aus zwei Hemden und einer Trachthose, die in Höhe des Gesäßes bis zur Durchsichtigkeit abgeschabt war; einem ausgeprägten Hang zur Kahlköpfigkeit und der ebenso ausgeprägten Gewohnheit, anstelle von ‚G' das ‚J' zu verwenden. Was auf seine gesunde bäuerliche Herkunft hindeutete. Deswegen aber regte niemand sich auf, denn Paraschiv verfügte über eine perfekte Herkunft, hatte ein unerschütterliches Vertrauen in die Partei und eine stets wachsende Neigung, sich erziehen zu lassen. Die Organisation hatte es gestattet, ja sie hatte es sogar verfügt, dass der mit vielen Begabungen ausgestattete junge Mann seine sieben Volksschulklassen abschloss, damit er in die Lage versetzt würde, Verlautbarungen und andere nützliche Materialien mit möglichst wenigen Rechtschreibfehlern abzufassen.

Zu Beginn dieser Liebesidylle, die sogar auf Parteiebene unterstützt wurde, machte Genossin Tamara nicht allzu viele Faxen, aber sie maß diesem Phänomen auch nicht wer weiß welche Bedeutung bei, denn damals machten ihr noch drei bis vier andere junge Männer den Hof. Bedauerlicherweise war jedoch keiner dieser Kavaliere Genosse, nicht einer hatte die gleichen Überzeugungen wie sie. In Doru Pasca, einen Lehrerssohn, der gleichfalls aus Siebenbürgen stammte, war sie verliebt, und er, der Wege und Brückenbau studierte, feinfühlig und wohlerzogen war, hatte sich ebenso, wenn nicht noch stärker in Tamara verliebt.

Doru wohnte zur Untermiete im selben Hof mit Tamara, so dass sie sich beinahe täglich, mitunter sogar noch häufiger begegneten. Vergebens hatte Doru ihr erklärt, dass er, obwohl er kein Jungkommunist sei und auch nicht vorhabe, einer zu werden, der neuen Bewegung nicht feindselig gegenüberstehe. Was aber Tamara betreffe, so respektiere er ihre Überzeugungen. Er werde unabhängig von seiner eigenen Meinung, durch seinen Beruf ohnehin zum Aufbau jener Welt beitragen, die sie wie so viele andere sich erträumte. Doch Tamara sah der Sache ins Gesicht. Keiner weiß, ob sie in Gedanken nicht sagte: Nein, er ist keiner von uns. Was man weiß lediglich, dass nach Jahren, als V. Pegese ein kleines Foto zwischen einigen Briefen der Mutter fand und fragte, wer der Mensch sei, Genossin Tamara bis zu den Ohrläppchen. Bis in die Spitzen ihrer Wimpern hinein rot wurde und etwas sagte. Genauer: sie murmelte etwas, was nicht verstanden wurde. Warum hast du den denn nicht geheiratet, fragte V. PGS naiv. Was weißt du schon, antwortete sie. Und dazu noch war ich auch arm. Und doch, obwohl über die Jahre PGS darauf bestand die Wahrheit zu erfahren, sie alles unternahm, was in ihrer Macht stand, um die Aufmerksamkeit des Kindes abzulenken, V. Pegese insistierte, fragte im Laufe der Zeit immer wieder nach, aber sie war mit ihren Antworten nie konsequent. Aus alledem versuchte V. Pegese sich ein Bild über sie zu machen, über die Genossin Tamara, seine Mutter.

Tamara war in einem Milieu erzogen worden, in dem sie gelernt hatte, dass sie ihre Herkunft und ihre Armut mit Stolz tragen müsse. Obwohl davon eigentlich nicht die Rede sein konnte, hätte das Geld, das der Eisenbahner mit nach Hause brachte, die Familie zufriedenstellen können, wenn es in bessere Hände geraten wäre. Andererseits hätte auch Tamaras Mutter ein zufriedenstellendes Einkommen beisteuern können, wäre sie nicht von einem gewissen Punkt ihres Lebens an behindert gewesen. Mit der Zeit aber wurde die Situation der Familie aus verschiedenen Gründen prekär. Genossin Tamaras Vater erlangte, aaa, die Gabe des Trinkens. Während ihre Mutter die schreckliche Manie befiel, Gelegenheits- und Glückskäufe zu tätigen. Vor allem aber zu verkaufen. Sie kaufte und verkaufte. Verkaufte und kaufte. Wieder und wieder. Heimlich und mit Verlust. Lange Zeit heimlich. Doch dann erfuhr er es, der Eisenbahner.

Doru Pasca wollte sie heiraten. Er verlangte sie, als sie Waise geworden war, zur Frau. Sie aber wies ihn zurück. Sie könne nicht, sie sei verwaist, sie sei arm, sie habe nicht studiert, sie glaube nicht an Gott, er hingegen habe Verwandte im Ausland. Und sie liebe ihn. Möglicherweise entsprach all dies den Tatsachen. Nur es hatte keinerlei Bedeutung, Doru Pasca gab nicht mir nichts dir nichts auf. Er bat um die Unterstützung ihrer Familie. Mutter, Großmutter, Schwester alle stürzten sie sich auf Tamara, warfen ihr vor, ihr Glück zu verspielen. Du trittst es mit den Füßen, sagten sie, für jenen Bauern, den Analphabeten mit dem zerrissenen Hosenboden. Obwohl solch eine Bemerkung nicht in die Tradition der Familie passte, hatte man einen gewissen Bedarf an einer bildreichen und drastischen Ausdrucksweise als Protest gegen die Unverschämtheit von Paraschiv verspürt.

Wegen dieser vergifteten Reden empfand Tamara instinktiv das Bedürfnis, Paraschiv zu verteidigen. Sie schenkte seinen flammenden Blicken mehr Aufmerksamkeit und nahm eines schönen Tages eine Einladung zum Spazierengehen an.

Paraschiv Pangeorgescu litt unter keinerlei Komplexen. Jedenfalls nicht sichtbar. Er war etwa zehn Jahre älter als Tamara, hatte eine gewisse Art Erfahrung mit den Frauen. Er hatte Vorstellungen, die vom Vater auf den Sohn weitergegeben werden. Unerschütterliche Vorstellungen davon, welche Prüfungen eine zukünftige Ehefrau zu bestehen habe. Und obwohl Tamara für ihn einen coup de foudre darstellte, wie wir sagen würden, ließ er sich keinen Augenblick lang von seinen Gefühlen blenden und unterwarf sie verschiedenen Prüfungen.

Tamara hatte bereits eine ganze Menge davon gut überstanden und die Ausscheidungsphase überwunden, als ihr noch zwei schwere Versuchungen vorgesetzt wurden. Sie waren eher peinlich, kränkend. Ihre Geschichte kam V. Pegese unverständlich und unverzeihlich vor. Warum hatte jenes zarte Wesen so viel Erniedrigung akzeptiert. Ich hatte Angst, unverheiratet zu bleiben, hatte sie V. Pegese einmal geantwortet. Nix Doru. Doru war ein Säufer. Jahrelang hatte sie in sich einen Grund gesucht, und hatte ihn gefunden. Von nun an hatte sie ein reines Gewissen. Und die Nostalgie ertrank in der Absurdität und im Schmutz dieser Behauptung.

Obwohl die Beziehungen zwischen Paraschiv und Tamara eng genug geworden waren, gelang es niemandem aus ihrer Familie, seine Meinung über ihn zu ändern. Sie fanden ihn unerträglich. Denn er schmatzte beim Essen und gähnte, wenn jemand anderes sprach und dabei über etwas anderes redete als über die Zukunft und das Licht. Aber das waren noch nicht alle Gründe. Tamara bestand darauf, in ihm den Menschen von morgen zu sehen, und dies reichte aus, um sie glauben zu lassen, sie sei verliebt in ihn. Eigentlich war sie ihr ganzes Leben lang mit sich selbst wie mit einem Feind umgegangen. Im Allgemeinen verbot sie sich jedwedes Vergnügen. Denn sie war überzeugt, sie müsse solche Lasterhaftigkeit überwinden und dass sie dies auch könne. In ihrem tiefsten Inneren war sie sicher, sie tatsächlich ignorieren zu können. Sie stürzte sich in das Parteileben. Sie versuchte, jede Spur von Persönlichkeit, von Eigenheit aus ihrem Leben zu tilgen.

Was nun Paraschiv betraf, so war seine Weitsicht noch viel schlichter und klarer. Andere würden primitiver sagen. Und ich bin überzeugt, dass sie damit nicht falsch lägen. Sie war also einfach und klar. Er wusste genau, was er zu tun hatte, wollte er keine Fehler machen. Denn wenn dir keine Fehler unterlaufen, gelingt dir alles, was du dir vorgenommen hast. Und Paraschiv hatte sich viel vorgenommen. Paraschiv war in einem Bergdorf geboren worden, in der Moldau. Er hatte sieben Geschwister, und obwohl er der Jüngste war, war er in vielerlei Hinsicht auch der Begabteste unter ihnen.

In der Dorfschule war er der Beste und der Ärmste. Er verfügte über ein großartiges Gedächtnis, mit dem er sieben Dörfer im Umkreis einschüchterte. Er lernte Gedichte auswendig und sagte sie auf. Ja er verfasste sogar eine Art Balladen, die alle gleichermaßen mit „*Grünes Blatt*..." anfingen und den verschiedenen örtlichen Persönlichkeiten zu bestimmten Gelegenheiten gewidmet waren. Er verfasste Weihnachtslieder, von denen er sich etwas später lossagte, und, auf Bestellung, Liebesbriefe in Versen. Doch dies wäre nicht das Schlimmste gewesen. Paraschivs Eltern, genauer sein Vater, denn er hatte als Kleinkind seine Mutter verloren, würdigten seine Persönlichkeit und seinen Ruf keinesfalls. Keiner in der Familie brachte sich bei der Arbeit um. Paraschiv am allerwenigsten. So dass er sich ein Herz fasste und beschloss, dass er etwas lernen müsse. Schwierig, schwierig. Denn in der Dorfschule hatte er nur lesen und schreiben gelernt.

Also tauschte er sein Bergdorf gegen die Ebene ein, in der Hoffnung, die Zukunft und das Glück würden ihn dort unten leichter erreichen. Er hatte keine genaue Vorstellung davon, was er machen würde. Aber er war voller Selbstvertrauen, war überzeugt davon, dass er überall wo er hinkäme auf sich aufmerksam machen würde. Dass er irgendwie irgendwo OBEN landen würde. Die Eingebung hatte ihr Wort gesprochen und der Zufall seine Rolle gespielt. Für den Anfang wurde er Traktorfahrer. Und er machte tatsächlich auf sich aufmerksam, besonders als Vorleser und Redner. Von morgens bis abends war er unermüdlich auf der gesellschaftspolitischen Ebene aktiv. Er hatte einen ganzen Haufen politisch-instruktiver Broschüren abonniert und las abends im Schlafsaal des Heimes immer wieder seinen Kollegen einzelne Passagen daraus mit lauter Stimme vor. Mitunter kommentierte er auch das Gelesene. Er tat dies nicht nur, um auf sich aufmerksam zu machen, sondern schlicht und einfach aus dem ehrlichen Bedürfnis heraus, auch die anderen an seiner Lektüre zu beteiligen. Auf diese Weise gewann er entscheidenden Einfluss auf seine Kollegen, was den dafür zuständigen Organen nicht entgehen konnte. Seine leidenschaftliche Anteilnahme an der Politik der Partei wuchs proportional mit dem Einfluss, den diese ihm in seinem unmittelbaren Umfeld sicherte. Die Erträge seiner Bestrebungen wurden bald sichtbar. Man schickte ihn auf die Parteischule in die Hauptstadt. Wo er auch Genossin Tamara kennenlernte.

Wie schon gesagt, Paraschiv Pangeorgescu hatte keinerlei Komplexe. Dennoch war der junge Aktivist sich bewusst, genügend Defizite zu haben, und diese mussten, um so weit wie möglich nach OBEN zu kommen, abgestellt werden. Darum sagte er sich, nachdem er einige Male um sich geblickt hatte und Tamara Sipos fixiert hatte, sagte vielmehr seine Intuition ihm, dass er nicht bloß eine Frau benötige, sondern auch eine

Gattin, um die sogenannte Keimzelle der Gesellschaft zu begründen. Dass er nicht nur eine Ehefrau, sondern auch eine ihn lenkende Frau benötige, eine Genossin. Er war überzeugt, dass Genossin Tamara diejenige war, die er, wollte er bestehen, benötigte. Sie war eine angenehme Person, gediegen, ernsthaft, aus einer guten Familie, sie hatte ein Diplom und gute Umgangsformen, selbst wenn diese aus dem vergangenen Regime stammten.

Mit Kalkül legte Paraschiv Pegese sich im Handumdrehen die Geschichte einer Liebe-auf-den-ersten-Blick zurecht, die er dem Mädchen zu verstehen gab, wobei er ihr gleichzeitig einige Sachen zum Abtippen überreichte. Der erwartete Erfolg blieb aus, aber es erleichterte die Verabredungen zu den sonntäglichen Spaziergängen.

Auch Vau Pegese konnte sich dem Einfluss dieses Films nicht entziehen. Jahre später, als er langsam erwachsen wurde, hat sein Vater ihm mit großer, eingeübter Zurückhaltung die Zusammenfassung gegeben: Paraschiv, ein Junge, so, na ja, der hatte schon als Kind einen Traum. Und im Traum sah er ein Mädchen, so, na ja. Das trug zwei schwere Zöpfe, die ihr über den Rücken hinabhingen, das hatte ein Lächeln, so, na ja, mit zwei Grübchen in den Wangen, sie war schmal und zierlich, und wer weiß, wie noch. Dieser Traum kehrte in verschiedenen Ausprägungen und in unterschiedlichem Alter wieder. Paraschiv gewann die Überzeugung, dass dies das Mädchen war, das auf ihn wartete. Und er brach auf in die Welt, sein Geschick zu erproben und sein Glück zu suchen. Als er jedoch die

Genossin Tamara erblickt hatte, wollte er nichts anderes mehr. Sein Herz begann ihm heftig zu klopfen. Stärker und stärker. Und plötzlich wusste er, dass sie es war. Dies ist das Mädchen aus dem Traum. Aber was soll's, jeder hat ein Recht auf die je eigene Dosis an Naivität.

Nach einiger Zeit, die Sonntagsspaziergänge waren, von der Jugendorganisation wie von der Partei selbst ermutigt, zur Gewohnheit geworden, beschloss Paraschiv Pangeorgescu, dass er eine entschlossenere Haltung einnehmen müsse und versuchen sollte, sein Vorhaben zu einem Abschluss zu bringen. Tamara hingegen hatte immer heftiger werdende Auseinandersetzungen mit ihrer Familie zu bestehen. Diese war der Meinung, es habe sich erwiesen, dass Pangeorgescu derjenige war, für den man ihn von Anfang an gehalten hatte, ein Hasenfuß, ein fauler Habenichts, der den Ruf des Mädchens ruinieren wolle, der der klassischen Formel zuwider, eben keine ernsthaften Absichten hegte.

Paraschiv Pangeorgescu aber wollte niemandem nach dem Mund reden, wollte nicht an der Nase herumgeführt werden, nicht von einer Städterin für einen Trottel vom Land gehalten werden. Er hatte sie der wichtigsten Prüfung aussetzen wollen. Und hat sie wieder zu einem Spaziergang eingeladen. Obwohl seine Genossen die Eheschließung nur als eine Frage der Zeit angesehen haben, wollte Paraschiv vorsichtiger und schlauer als all die anderen sein. Der Spaziergang fand im Wald von Baneasa statt, wo Paraschiv seine Verlobte umstandslos verführen wollte, während er ihr einredete, es habe keinen Sinn mehr, sich von ihm fern zu halten, sich zurückzuhalten, zumal jetzt, da bestimmt alle Welt wisse, dass sie heiraten würden.

Sei es, dass sie die Falle witterte, sei es, dass sie eine anerzogene innere Gewissheit dazu bewegte, Tamara bestand die Prüfung. Pangeorgescu hielt sie von Mal zu Mal für würdiger, seine Frau zu werden. Und so legte man sich fest. Ungeachtet ihrer gekränkten Gefühle willigte Tamara ein, den Hochzeitstermin festzulegen. Eine Hochzeit unter Genossen. Ohne Pfarrer. Den Überzeugungen des Brautpaares entsprechend, was zur tiefen und nachhaltigen Kränkung der Familien Sipos & Co. führen sollte.

Bloß dass Genossin Tamara keine Ahnung davon hatte, was sie noch alles erwartete. So absurd, so falsch, so unverträglich dies mit der Würde eines Genossen auch immer scheinen mag – Paraschiv zog seine letzte Karte unter dem Tisch hervor, aus dem Ärmel, woher auch immer Sie wollen. Sie bedeutete nicht mehr und nicht weniger als die mit Entschiedenheit vorgetragene Forderung, die Verlobte möge ihm ein Attest über ihre Jungfräulichkeit aushändigen. Er behauptete, dass er selbst sich noch in diesem Zustand befinde, was, wie man weiß, durchaus zu den verzichtbaren Tugenden eines Parteimitgliedes gehört.

Obwohl dies nach Meinung vieler nichts anderes als eine krasse Unverschämtheit war, die jedwede Grenze überschritt und einen Anschlag auf die persönliche Freiheiten darstellte. Somit in gewisser Weise den neuen Prinzipien widersprach. Schluckte Tamara Sipos auch diese letzte Demütigung heldenhaft.

Brachte das Attest. Und heiratete. Wurde zur Genossin Pangeorgescu.

Als Paraschiv Pangeorgescu die Parteischule mit Auszeichnung beendet hatte, wurde ihm ein Parteiauftrag in seiner Heimatregion erteilt. Seine Genossin verabschiedete sich in aller Eile von Schwester und Mutter und folgte ihrem Mann. Auch ihr hatte man eine Aufgabe in der Jugendorganisation übertragen. Aber sie wurde schwanger, was die Beziehungen zwischen den Eheleuten schon zu Beginn der Ehe vollständig und endgültig erschütterte.

Paraschiv Pangeorgescu hatte einen ganzen Haufen Brüder und Schwestern und vielleicht gerade deswegen, hatte er bis dahin eine uneingestandene Aversion gegen Kinder. Die Vorstellung, er selber würde ein Kind haben, brachte ihn aus der Fassung. Dieses kleine Detail hatte er bei all seiner Berechnung vernachlässigt, und nun schien es so, als sollte eben dies Tamara Pangeorgescu über alle Maßen entzücken. Es war der Augenblick, der die Harmonie der Familie für alle Zeiten zerstörte, wenn es sie denn wirklich je gegeben hatte.

Unter solchen Bedingungen wurde – selbstverständlich zur entsprechenden Zeit – Visarion Pangeorgescu geboren: Keinem gelang es mehr, sich wirklich über seinen Eintritt in die Welt zu freuen. Nicht einmal seine Mutter vermochte es mehr. Die Folgen dieses Ereignisses für ihre gesamte Existenz als Ehefrau und Aktivistin hatten sie viel zu sehr erschreckt.

Während der gesamten Schwangerschaft tat Paraschiv sehr beschäftigt mit seiner Parteiarbeit und kam nur selten zu Hause vorbei. Genossin Tamara bekam für diese Zeit die Stelle der Gemeindebibliothekarin, einen Posten, den sie behielt, bis V. Pangeorgescu eingeschult wurde. Exakt dieser Augenblick fiel mit Paraschivs Aufstieg in den Bezirk zusammen, der den Aufstieg seiner Genossin zwangsläufig mitbewirkte.

In all diesen Jahren erhielt Paraschiv Pangeorgescu viele Instruktionen. Er nahm an einigen Parteischulungen teil, die mal sechs Monate, mal ein ganzes Jahr dauerten. Er lernte, mit Messer und Gabel zu essen und, sich ununterbrochen weiterbildend, stellte er fest, dass er seine Frau längst überflügelt hatte, trotz ihres Diploms und alledem. Dass ja eigentlich ihre gesamte Erziehung faul war, rückständig und ohne Zukunftsperspektive. Und weil er ein ausgeglichenes und treues Wesen hatte, oder aber weil er schlicht und einfach sein Dossier nicht trüben wollte, ließ er sich nicht scheiden. Er begnügte sich mit verschiedenen Beziehungen zu Untergebenen oder Kolleginnen, die seine Haltung teilten, während Tamara nacheinander zur Vorsitzenden verschiedener Frauenkomitees wurde – städtischer, bezirklicher. Und im Leben anderer Frauen das zu verwirklichen trachtete, was ihr zu Hause nicht gelang.

Genosse Paraschiv Pangeorgescu war ein Romantiker, doch dies stellte er erst später fest, als er auf die einzelnen Stufen seines Fortkommens zurückzublicken begann.

Mit der Zeit, beinahe ohne seinen Willen, beendete er das Lyzeum und bat die zuständigen Organe um die Genehmigung, sich zum Hochschulstudium einzuschreiben. Sei es, dass er ihnen von Nutzen war, sei es, dass man dies für eine Schnapsidee hielt, die Genehmigung wurde ihm nicht erteilt. Man benötige Kader und nicht Intellektuelle, war die Antwort.

Auch in seinem Sohn, mit dessen Existenz er sich freiwillig-unfreiwillig abgefunden hatte, spiegelte sich die Realität, an der Paraschiv Pangeorgescu teilgenommen hatte. Für die er gerade fromm die Pistole manchen Menschen an die Schulter gelegt hatte. Damit sie eine ideale, eine perfekte Wirklichkeit würde.

Fragte man, zu unterschiedlichen Anlässen, die Kinder in der Schule nach der Beschäftigung ihrer Eltern, worauf die einen Ingenieur antworteten, Elektriker, Arbeiter, Arzt usw., so stand Vau Pegese stolz auf, warf erst einmal einen Blick in die Runde, als wollte er alle anderen damit zerschmettern, und erwiderte trocken: Parteifunktionäre. Er war der Überzeugung, das gesamte Auditorium damit erledigt zu haben und dass niemand auf der Welt Eltern wie seine hatte.

Dies war allerdings eines der wenigen Male, da es ihm gelang, stolz auf sie zu sein. Damit er und alle anderen Kinder alles vorbereitet vorfänden, so hatte man es ihm unzählige Male zu Hause erklärt, war Vau Pegese für Stunden und Tage dem Alleinsein preisgegeben. Seine Eltern reisten zum Außendienst ab und hinterließen ihm lediglich Listen mit Pflichten und Kochrezepten, damit er sich etwas zubereiten konnte, wenn ihre Angelegenheiten sie zu lange fernhielten, und er nichts mehr zu Essen hatte.

Visarion Pangeorgescu, für dessen sowjetischen Namensvetter seine Eltern sich sogar einen Finger hätten abschneiden lassen, gehörte zur frühen Generation der Schlüsselkinder. Er kam von der Schule, machte seine Hausaufgaben, ging zu den Russischstunden, aber auch zu Französischstunden, zum Akkordeon- und Geigenunterricht, war gehalten, immer zu den Ausgezeichneten zu gehören, immer ein Wunderkind zu sein. Verpflichtet wurde er dazu durch unterschiedliche Nachhilfemethoden, die blaue Streifen auf seiner Haut hinterließen, durch wiederholte und gewalttätige Unterweisungen und Erklärungen, damit er verstehe, dass er pflichtbewusst und ernsthaft zu sein habe. Damit er begreife, dass nicht das Recht hatte, Fehler zu machen. Denn er musste seinen Altersgenossen ein Vorbild sein, wie es auch seine Eltern waren. Wie hätten die Menschen denn sonst wissen sollen, wie man sich zu benehmen hatte; alles wäre den Bach hinunter gegangen.

Und weil Vau Pegese alles fertig dargereicht bekam, traute er sich eines guten Tages zu fragen, warum er nicht auch eine Schwester bekäme. Man antwortete ihm, der historische Augenblick gestatte es ihnen nicht, zu tun, was sie wünschten, und dass dies außerdem eine geringfügige Sache sei angesichts der großen Interessen des Landes. V. Pegese gab sich mit dieser Antwort zufrieden, zumal er durchgedrungen war von der Vorstellung, es käme sogar auf Opfer an, damit es dem Vaterland wohlergehe. Bald kam er sich hintergangen vor, denn in dem Parteiblock, in dem sie wohnten, wurde einem Funktionärssohn ein Bruder geboren. Aber er wurde sofort aufgeklärt, dass seine Mutter eine zu große Verantwortung zu tragen habe, als dass sie auf ihre Tätigkeit verzichten könnte. Für alle Fälle, und damit diese Interventionen sich nicht mehr wiederholten, erzählte Genosse Pegese seinem Sohn, dass er sieben Geschwister hatte. Und dass einem nichts selber gehöre, wenn man Geschwister habe, weil alles geteilt werden müsse. So dass er alles das, was er jetzt habe, dann nicht mehr hätte. Siehst du denn nicht, wie wir uns aufopfern und uns abplagen, damit du alles hast. Ich habe nicht vergessen, wie es war. Wenn wir ein Stück Maisbrei und eine Zwiebel hatten, wars gut. Das hatte ich im Brotbeutel, wenn ich zur Schule ging. Ich hatte keine Bücher, usw., usw. All dies roch aber nach einiger Zeit nach Naphtalin und hatte keinen Einfluss mehr auf V. Pegese.

Weil er ein Einzelkind war, bemühten sich die Pangeorgescus ganz besonders, ihn nicht zu verwöhnen. Dies war die einzige Gemeinsamkeit in ihren Ansichten über Erziehung. Deshalb übertrafen sie sich darin gegenseitig in ihrer Anteilnahme. Die Methoden unterschieden sich. Die wichtigste war die, das Gute durchzusetzen, sich von dem Prinzip leiten zu lassen, der Mensch wisse selber nicht, was er benötige. Deshalb wurde unter keinen Umständen je ein Wunsch von Vau Pegese anerkannt. Wünschte dieser sich ein Fahrrad, wurde ein Dreirad gekauft (obwohl er schon lange dieses Alter überschritten hatte), wünschte er sich einen Kipplaster, wurde ein Flugzeug gekauft, wollte er Klavier spielen lernen, so zwang man ihn, Akkordeon zu spielen. Und all dies ohne jede Erklärung. Wagte er es, Erklärungen zu verlangen, so wurde er für seine Zudringlichkeit und seine Undankbarkeit bestraft, ja

er steckte eine Tracht Prügel dafür ein.
Normalerweise war die Zeit des Genossen Paraschiv Pangeorgescu immer eng bemessen. Selbst die wenigen gesetzlichen Feiertage, die er sich mit der Familie zu verbringen gestattete, waren der Arbeit und dem Studium gewidmet. Er schloss sich in seinem Zimmer ein (aufgrund seiner zahlreichen Funktionen genoss er das Recht, ein zusätzliches Zimmer haben) und vergrub sich in Bergen von Fachzeitungen und -zeitschriften, in den Bänden der Klassiker, um damit Agitations- und Instruktionslektionen vorzubereiten. Letztlich aber um derjenige zu sein, der am meisten beschäftigt ist. Wollte die Genossin Tamara ihn zum Essen rufen, so erlaubte sie sich bloß sanfte Klopfer an die Tür zu seinem Zimmer. Dann und wann jedoch, wenn sie sich erinnerte, dass ihr Leben auf dem Spiel stand, und sie all die Opferbereitschaft und Selbsthingabe nicht mehr ertrug, bekam sie Anfälle, die ihrer Art überhaupt nicht entsprachen. Wie ein Raubtier stürzte sie sich dann voller Vernichtungswut auf die Handbibliothek Pegeses. Zerriss seine Zeitungen. Wollte seine Glatze durch gezielte Würfe mit allem, was ihr in den Griff geriet, demolieren. Und brüllte.Schrie es wie ein Leitmotiv heraus: und um uns, uns kümmerst du dich überhaupt nicht?
Paraschiv, der sich in der Opferrolle gefiel und, wie sich später zeigen sollte, nicht gerade das reinste Gewissen hatte, murmelte nachsichtig: Wie denn, wieso denn, für wen arbeite ich denn!
Regelmäßig, man weiß nicht so recht wie, kam man nach solchen Auseinandersetzungen auf die Erziehung

des Kindes zu sprechen.
Es war nicht besonders schwierig zu erkennen, dass letztlich Vau Pagese der Sündenbock sein würde, denn er war kein Nagel zwischen den beiden, vielmehr musste er jemandem in den falschen Hals geraten sein. Zu diesen Szenen gesellte sich noch eine, die unabänderlich zum Text gehörte. Obwohl Pegese immer Bestschüler war, nannte man ihn unfähig. Man hielt ihm vor, dass man abenteuerliche Summen aus dem Budget der Familie für seine Erziehung aufwende, aber alles sei vergeblich. Seine Eltern würden auf vieles verzichten und schwer arbeiten, damit er, damit er, daaaamit eeer. Aus all diesen Gründen und aus vielen anderen mehr hatte Vau Pegese es langsam satt, stolz auf sie zu sein und begann sich zu wünschen, von zu Hause wegzugehen.
Zu seinem Glück ergab sich bald die Gelegenheit dazu, und zwar kurz nach seinem zehnten Geburtstag. Und keiner weiß so recht wie und warum, ins Internat geriet. Die wahren Hintergründe für diesen Entschluss hat er nie erfahren, aber er hoffte aus tiefster Seele, seine Eltern würden sich in seiner Abwesenheit besser verstehen.
Mit der Zeit stellte es sich tatsächlich heraus, dass die abenteuerlichen Geldsummen umsonst ausgegeben worden waren, denn Vau Pegese wurde nicht einmal Minister. Aber auch Genosse Paraschiv gelangte nicht ins ZK. Wie jeder gewöhnliche Mensch ging er in Rente und kam in den Genuss einer ganzen Reihe von Enkelkindern, was wieder einmal bewies, dass er recht hatte, mit der lebenslangen Geringschätzung seines Sohnes.

Was V. Pegese betrifft. Bis er eine solide Familie begründete, führte er das Leben eines Bohemiens, dann aber liebte er Frau und Kinder. Er verbot es kategorisch, anders als mit den Initialen seines Namens angesprochen zu werden. Hunderte von Büchern hatte er durchstudiert, aus zig Bibliotheken. Hatte zahlreiche Studien und Bücher geschrieben. Zog mit seiner Familie aus Mansardenwohnungen in Kellerwohnungen um. Aus Kellerwohnungen ins Tiefparterre. Aus Häusern in Villen. Aus Villen in Schweineställe. Er gab sich alle Mühe, eine nützliche Arbeit zu verrichten. Gab sich alle Mühe, sein Leben reich und würdevoll zu gestalten. Befleißigte sich, es den Seinen an so wenig wie möglich mangeln zu lassen. Er hoffte, sie würden eines guten Tages ein Appartement haben, eine Wohnung. In der es einen Spion in der Tür zum Kinderzimmer gibt. Durch welches Vau Pegese seinen Kindern beim Spielen zusehen könnte. Aber Frau Adina Pangeorgescu war dagegen. Dies war der einzige Gegenstand, über den sie sich nicht einigen konnten. Adina Pangeorgescu behauptete, dies wäre ein Anschlag auf die Entfaltungsmöglichkeiten. Auf die Gedankenfreiheit. Auf das Leben selbst. Der Konflikt war wohlbegründet. Aber von geringerem Gewicht. Denn Vau Pegese bestand nicht darauf. Und außerdem hatte er auch keinen Grund dazu.

Die Party

Das hätte Medusa sich bestimmt gesagt, ja, Medusa, denn so hatte ihre Nachbarin sie getauft. Eine Party. Das hätte sie sich gesagt, wenn ihr Gran Intellektualität irgend eine Zuneigung für die deutsche Kultur gehabt hätte, und sie vielleicht Böll gelesen hätte.

Im Haus Nr. 24 in der Trandafirilor-Straße, im 5. Stock, genauer, in der Mansarde, *merde mansarde*, wohnt seit Jahr und Tag, man weiß nicht, seit wann, Zdroba, Micaela, Schlürferin genannt, wegen der Art, wie sie beim Gehen die Füße nachzuziehen beliebt. In unmittelbarer Nachbarschaft. Das heißt, Wand an Wand. Ist vor kurzem die sogenannte Medusa eingezogen, die ansonsten friedfertig ist. Ihr wichtigster Defekt ist ein Rest Jugendlichkeit. Eine besonders verwerfliche Sache in einer Mansarde. Und auch sonst.

Die Hauptbeschäftigung von Frau Zdroba war das Stricken. Mit zwei Nadeln. Mit vier. Ja sogar mit fünf Stricknadeln. Ja selbst mit einer einzigen, die dann gemeinhin Häkeln genannt wird und einer Nadel mit einem Haken an der Spitze bedarf.

Diese Tätigkeit deckte auch ihren Lebensunterhalt ab, neben einer elenden Rente, die sie wegen vermuteter psychomotorischer und affektiver Instabilität vom Staat bezog. Die meisten würden wohl eher sagen, wegen affektiver Instabilität. Dies wären dann die bösen Zungen. Die mit Beharrlichkeit behaupten,

Frau Zdroba liebe geradezu unerbittlich die Männer. Was bislang aus der Quelle Medusa noch nicht bestätigt werden konnte. Also noch ungesichert ist. Wie auch immer, man benötigt keine Lupe, um zu sehen, dass Frau Zdroba im Alter des Verzichts angelangt ist. Was ihr eine Art Heiligkeit verlieh, kannte man sie nicht gut genug.

Verheiratet war sie nie, das ist sicher. Obwohl sie in schwer einzuschätzenden Situationen behauptet hatte, zweimal geschieden oder gar Kriegswitwe zu sein. Was soll's, sie sagte immer das, was ihre etwas schräge Vorstellung ihr am jeweiligen Tag als geboten scheinen ließ. Dies weiß ich von einer Alten mit Schlangenmanie, die sie bei so manchem Mal Schlangenstehen in verschiedenen Stadtvierteln kennengelernt hat. Ah ja, ich habe das Detail vergessen, dass Zdroba noch einiges Geld durch das Schlangenstehen verdiente. Mit Platzverkauf, oder wie auch immer man die Beschäftigung zu benennen hatte, die sie für die Gattinnen ranghoher Militärs ausübte. Platzverkauf. Während die Gattinnen ihrem Vergnügen frönten.

Auch geht das Gerücht um, Zdroba habe ein Kind, das sie irgendwo im Schilfgebiet verlassen habe, als es erst … na ja. Einige behaupten, es sei ein Mädchen. Das, wie sie sagen, sie einmal in ihrer Mansarde aufgesucht habe, sie aber habe jede Verbindung geleugnet. Andere behaupten, sie habe einen Jungen. Sie habe ihnen Fotos gezeigt, als er bei den Bausoldaten war. Wie breitschultrig und schön. Wie ein richtiger Soldat. Denn sie hatte immer eine Schwäche für Uniformen. Und dass er, der Junge, sie verleugne.

Gewiss gibt es auch welche, die behaupten, Zdroba sei so schlecht und so irr, dass sie keinen Samen empfangen könne. Sie sei unfruchtbar. Wie auch immer, für mich ist der Fall klar. Wenn sie Nachkommen hat, dann nur das eine oder das andere. Und wenn sie beide hat!

Also darüber wissen wir nichts. Auch über das Schilfgebiet nicht. Vor allem da sie in Turnu geboren wurde.

Dass irgend jemand Mitleid mit ihr hat, habe ich noch nicht gehört, außer vielleicht der Sektorpolizist, mit dem, auch das sagen die Leute, sie oft zusammen ist.

Nun aber die Geschichte mit den Kindern. Zdroba selbst hat sie mit der Geschichte von den Scheidungen und der Witwenschaft in Umlauf gebracht. Aber inoffiziell. Denn wenn man sie fragt, sagt sie nein. Niemals. Alle Geschichten hat sie lanciert. Nehme ich an. Aus Langeweile. Um Unruhe zu stiften. Aufgrund einer psycho-affektiven Instabilität. Und vor allem wegen ihrer schrecklichen Angst davor, bemitleidet zu werden. Denn Frau Zdroba hat ihr 12 Quadratmeterzimmerchen bis zum Überquellen mit unermesslichem Hochmut angefüllt. Der ab und zu, wenn sie die Tür zu weit öffnet, hinausströmt.

Betrachtet man Frau Zdrobas Wangen aufmerksam, so stellt man eine kränkliche, grauschimmernde Blässe fest. Tiefliegende, verloschene Augen. Herabhängende Mundwinkel. Und bei aller Sorgfalt, die sie mitunter, um den Schein zu wahren, beim Frisieren walten ließ, wird nun eine große Traurigkeit ihres gesamten Wesens sichtbar. Völlige Kraftlosigkeit. Ein

Leiden, das sie langsam aber sicher verzehrt und ihre Lebenslust auslöscht. Eine Krankheit, die emphatisch mit Einsamkeit und Unglücklichsein bezeichnet wird. Bei aller Scheu jedoch, die mich beim Aussprechen dieser Worte befällt, muss ich feststellen, dass sie eine Art rätselhafter Macht besitzen, die einen Teil meines Wesens erweicht und mich so etwas wie Zärtlichkeit empfinden lässt.

Über Medusa weiß man nur wenig. Obwohl genug Zeit vergangen ist, seit sie in die Mansarde einzog. Vielleicht hat Zdroba ihr gerade deshalb den Namen Medusa gegeben. Doch um nichts Falsches zu sagen, auch dies weiß man nicht mit letzter Sicherheit. Medusa lebte sehr zurückgezogen und diskret. Vielleicht war sie darauf bedacht, ihren Ruf in diesem nach Auskünften und Vorkommnissen dürstenden Wohnviertel sehr vorsichtig aufzubauen. Da wären aber auch noch einige andere Gründe, doch ziehe ich es vor, sie zu verschweigen, um die Geister der Trandafirilor nicht allzu sehr zu kränken.

Eines aber schien sicher. Im Falle von Medusa sah alles danach aus, als wäre sie von zu Hause weggelaufen. Gewiss, davon kann es viele unterschiedliche Varianten geben. Noch hat niemand die historische Wahrheit festgelegt. Und auch die Varianten kursieren bloß als schlichte Mutmaßungen. Spekulationen, wenn Sie so wollen. Tatsache ist, dass die Wahrheit noch nicht entdeckt wurde. Dies sagt die Intuition der Trandafirilor-Straße. Und der Umgebung.

Die Pförtnersfrau flüsterte eines Tages jemandem zu, Medusa habe Ehemann und Kinder verlassen und sei auf klassische Weise mit einem Lümmel von einem Säufer durchgebrannt. Möglicherweise gar mit einem Chauffeur. Nun denn, diese Geschichte machte die Runde durchs Viertel. Dann schüttelte eine Autoritätsperson ungläubig den Kopf. Diese Geste wurde so lange von Mensch zu Mensch weitergeleitet, bis sie zurück zur Quelle gelangte. Zurück zum Ursprung des Gerüchts. Also zur Pförtnersfrau. Worauf die Brotverkäuferin, die behauptete, Medusa in ihrem Laden telefonieren gehört zu haben, die Vermutung lancierte, sie stünde mit irgendwelchen Ausländern in Verbindung. Mitunter habe sie so gesprochen, offenbar in einer anderen Sprache. Eine Spionin. Eine Drogenhändlerin. Eine Verbrecherin. Aber wie Sie sehen, musste dies Gerücht nicht die ganze Strecke durch das Wohnviertel zurücklegen, um abgewiesen zu werden. Jeder anständige Mensch mit geringer Vorstellungsgabe weist solch eine mutwillige Verleumdung von vorneherein zurück. Denn die Leute im Viertel kennen die Bäckersfrau seit gut zwanzig Jahren, als sie noch den Laden an der Ecke beim Schwarzen Kater hatte. Man kennt ihre Macken und ihre sprunghafte Phantasie. Selbst ihre Vergangenheit. Was noch viel schlimmer ist. Vertieft man sich nämlich in die Geschichte, so stellt man fest, dass sogar ihre Ankunft in diesem Viertel Geheimnisse aufgibt. Geheimnisse, die nunmehr unter Staub und Mehl und dem Pulver des Vergessens begraben liegen.

Auf diese Art konnte bislang also nichts über Geburt, Wachstum und Entwicklung Medusas in Erfahrung gebracht werden. Nicht einmal, was sie für einen

Beruf hat, wurde festgestellt. Oder was sie tut. Ob sie gut oder schlecht verdient. Obwohl, würde sie sonst in einer Mansardenwohnung wohnen. Wenn. Und wenn aber. Jedoch.

Medusa hatte ganz sicher keine Ahnung von all diesen Vermutungen. Von jenem feinen Spinnennetz, das die Leute aus dem Viertel um sie zu weben versuchten. Mehr noch. Ich glaube, es juckte sie nicht einmal am Ellenbogen. Oder woanders. Aber auch da nicht, denn wenn‘s dich da juckt ...

Medusa und Frau Zdroba hatten noch nie miteinander gesprochen. Obwohl, wie ich schon sagte, ihr Leben durch eine einzige schmale Wand getrennt war. Eine dünne Wand, so dass die Geräusche aus beiden Zimmern sich durchdrangen und mischten. Eine beinahe bloß symbolische Wand. Lediglich so, dass die beiden Einsamkeiten sich nicht vermengten. Damit sie nicht etwa verwechselt würden.

Eigentlich hasste Frau Zdroba Medusa. Zu Beginn waren die Dinge nicht so klar. Sie hasste sie schlicht und einfach. Aus Instinkt. Wie sich halt zwei Frauen hassen. Vor allem, wenn eine von beiden noch etwas zu erwarten hat. Vom Leben. Nichts konnte Frau Zdroba daran hindern, diesen Rest an Erwartung, der noch in Medusas Existenz knisterte, zu hassen.

Was aber Medusa anging, so hasste diese den etwas vorwegnehmenden Spiegel, den Frau Zdroba für sie darstellte. Durch diese empfand sie ihr Geschick auf den gleichen Ausgang hin festgelegt. Was keine Frau verzeihen kann.

Sie trafen sich und taten so, als ignorierten sie sich.

Belauerten sich gegenseitig. Verbittert feilschten sie mit ihren Einsamkeiten. Denn – jedenfalls bei sich zu Hause – empfing Medusa niemanden, von kleinen Ausnahmen, die weiblichen Geschlechts waren, einmal abgesehen.
Medusas Hass war friedfertig. Verpuffte in sich selbst. Frau Zdroba aber wurde öfter aggressiv, und dies auf recht ungewöhnliche Weise. Bis zur Verzweiflung schikanierte sie Medusa mit allerlei unvorstellbar banalen und unwichtigen Dingen, die beinahe nicht erzählbar sind. Medusa aber legte sich eine intellektuell überlegene Haltung zu, die es ihr nicht erlaubte, derartige Provokationen ernst zu nehmen. So dass Zdroba ohne Antwort blieb. Und jeder weiß, wie eine solcherart gekränkte Frau hassen kann.
Im Zimmer Medusas wurden wichtige Vorbereitungen getroffen, denn Silvester näherte sich. Ihre Intuition sagte ihr, dass Frau Zdroba Silvester allein verbringen würde. Ein trauriges und kaltes Fest in einem Mansardenzimmer. Ein Finger in einer offenen Wunde. Nicht mehr und nicht weniger für Zdroba. Nichts sonst. Daran denkend empfand Medusa möglicherweise einen Augenblick lang so etwas wie Mitgefühl. Aber auch nicht zu viel. Denn dies hätte ihre Berechnung gestört. Und sie hätte Neujahr nicht mehr so feiern können. Jedenfalls nicht so, wie sie es sich vorgenommen hatte.
Schon einige Tage vor der Feier begann der Hass von Frau Zdroba sich zornschnaubend zu entfesseln. Je zufriedener und bepackter Medusa nach Hause kam, um so mehr verfinsterte sich Frau Zdroba. So dass am

Vorabend ihr Gesicht erdfarben und verkrampft war. Ständig knallte sie auf lächerliche Weise die eigene Wohnungstür zu. Ging jede Minute einmal hinaus und hinein.

Medusa bereitete ihr Fest nach allen Regeln der Kunst vor. Getränkeflaschen, die sie schon von der Pförtnerloge an in ihrer Einkaufstasche scheppern ließ. Halbgare Krautwickel von *Die Hausfrau*, die sie auf ihrem Rechaud im Flur unter Frau Zdrobas Nase gar kochte. Braten und allerlei Leckereien. Ein richtiges Festmahl.

Die beiden Frauen hatten sich gehütet, jemals die Tür zu ihrem Zimmer offen stehenzulassen. So dass keine von beiden wusste, wie die andere sich eingerichtet hatte. Und dies war eine grausame Art der Heimzahlung. Denn jeder weiß, wie neugierig Frauen sind. Welche unbändige Lust sie haben, etwas zu kommentieren. Trotzdem fand Frau Zdobra die Gelegenheit, zu sehen, was zu sehen war. Am Vorabend, und zwar wie zufällig. Während sie hinausgegangen war, etwas Wasser in eine Blumenvase nachzufüllen, hatte Medusa Frau Zdroba den Einblick offen gelassen.

Medusas Zimmer war äußerst sparsam möbliert. Der Platz mithin maximal genutzt. Über dem Bett war ein Bücherregal. Dann ein Schreibtisch, der nun überladen war von Sandwichplatten, Kuchen, einer Torte, Gläsern und Getränkeflaschen. Um ein weiteres tiefes Tischchen lagen Kissen und niedere Hocker, auf denen man türkisch sitzen konnte. Auch das Bett war sehr niedrig. Und sie hatte eine Ecke wie eine Einbauküche arrangiert. Mit Wandregalen für Geschirr und häusliche Gegenstände.

Überall gab es Blumen, Kerzenleuchter und Tannenzweige. Und auf dem Nachttisch neben dem Bett stand eine kleine Tanne in einem Blumentopf, die geschmückt war mit bunten Glaskugeln und Girlanden. Im Zimmer duftete es nach frischer Luft und Räucherstäbchen, die, wie es schien, irgendwo rauchen mussten. Auf dem Teppichboden konnte Zdroba zwei Gegenstände sehen, die sie nicht kannte. Ein Tonbandgerät und einen Plattenspieler mit zwei Boxen. Der Fernseher aber, wenn es denn lohnt, dies zu erwähnen, stand in einer Lücke im Bücherregal über dem Bett. Nicht besonders bequem, wenn man sich's recht überlegt, dachte Zdroba.

Ihr erster Impuls war, ins Zimmer zu stürzen und alles zu zerschlagen. Die Sandwiches auf den Boden zu kippen und zu zertrampeln. Die Torte an die Wand zu werfen. Und ... nun ja. Blinde Wut kroch ihr in den Rachen. Eine Art Schwindel. Eine Art Würgen. Und die Panik, dass sie die Nacht wie ein von seiner Herrschaft verjagter Hund verbringen müsse. Während es im Haus nach Wurst roch und das Besteck klapperte. Musik ... Verdammt! Und diese teuren Blumen, jetzt im Dezember. Und dieser Überfluss.

Frau Zdroba hatte sich darein gefügt, ihre Feiertage allein zu verbringen. In Einsamkeit und Traurigkeit. Aber all dies zählte nun nicht mehr. Denn sie konnte sich das Selbstmitleid nicht mehr leisten. Medusa, diese Schlampe, hatte sie aus dem Zustand inaktiver Traurigkeit gerissen, indem sie ihr die Schlange der Wut in den Rachen gestopft hatte. Das Gift des Neids. Medusa fieberte der Ankunft der Gäste entgegen.

Jedenfalls empfand Zdroba es so. Sie stellte sich vor, wie sie die letzten Handgriffe tat. Ein Deckchen da. Eine Blumenvase dort. Und ab und zu mit dem Blusenärmel ein imaginäres Staubkorn von den Möbeln wischen. Dann die Zeit des Umziehens und des Schminkens. Und tatsächlich, nur kurze Zeit tauchte Medusa am Waschbecken im Gang auf und hatte einen Rock aus weichem, durchscheinenden Stoff an. Spitzenbesetzt und luftig. Passend zu einer festlichen Gelegenheit. Vielleicht verlobte sie sich. Oder sie heiratet, dachte Zdroba. Und wieder ging ein Samenkorn der Feindschaft auf, als ihre Blicke über die weißen Schuhe mit den hohen Absätzen glitten, über die schmalen Riemen, die sich eng um die Fesseln legten.
Zdroba, in Schürze und Pantoffeln auf dem Gang stehend, schäumte vor Wut. Sie kochte über. Beschloss, die Gäste abzupassen. Ihnen den Abend zu verderben. Dann aber packte sie plötzlich eine unermessliche Erschöpfung und Langeweile. Eine Hoffnungslosigkeit, die sie nicht überwinden konnte. Wie eine arme Sünderin zog sie sich in ihr Zimmer zurück und beschloss, dieses nicht mehr zu verlassen. Vielleicht würde sie den Fernseher einschalten. Obwohl auch dies sie langweilte. Vielleicht zog sie es vor, sich ins Bett zu setzen und zu stricken. Oder mit steif herabhängenden Armen dazusitzen und auf einen Punkt an der Wand zu starren. Damit sie vergäße. Und schließlich einschliefe.
Gegen Mitternacht war es ruhig auf dem Gang. Lediglich Medusas Tür wurde ab und zu geöffnet, woraufhin man das Wasser in der Toilette hörte.
Zdroba kauerte hilflos im Bett und versuchte, den

Lärm jenseits der Wand nicht zu beachten. Stimmen, Gläserklingen und Heiterkeit. Musik. Ab und zu eine Pause, in der wahrscheinlich getanzt wurde, denn man hörte bloß noch die Musik. Wie viele mögen es sein, fragte sie sich. Dann schien man ein Gesellschaftsspiel zu spielen oder Witze über Bulă zu erzählen, denn ab und zu wurde gelacht.

Um den Lärm nicht mehr zu hören, schaltete Zdroba den Fernseher ein. Gică Petrescu. Was soll's. Allemal besser. Weniger grausam. Eigentlich hasste sie die schönen Frauen im Fernsehen nicht. Beneidete sie nicht. Auch nicht die jüngeren. Die waren ihr viel zu abstrakt. Sie hätte sie ohne Ressentiment betrachten können, hätte sie sich dabei nicht gelangweilt. Jetzt aber langweilte sie alles. Alles. Vielleicht bloß das Stricken nicht. Das Stricken, das eine monotone Tätigkeit ist. Gerade deshalb. Die Monotonie umfasst dich dabei wie ein Regentropfen, dem du zusiehst, wie er langsam an der Fensterscheibe hinabrinnt. Und noch einer, und wieder einer. Bis du vergisst, dass es regnet. Und dich selbst vergisst.

Plötzlich hatte das Weib Zdroba eine Idee. Eine unbändige Unruhe erfasste sie. Und sie begann, die Möbel wegzurücken. Ihr war eingefallen, dass sie vor langer Zeit, als im Nebenzimmer ein junges Liebespaar wohnte, mit äußerster Genauigkeit und Vorsicht ein Loch in die Wand gebohrt hatte, durch das man vor allem das Bett sehen konnte. Wobei sich später herausgestellt hatte, dass es ein Fehler war. Denn das Pärchen liebte sich selten im Bett. Sie taten's überall, wo sie gerade Lust dazu hatten. Was Frau Zdroba einige Schwierigkeiten bereitete, denn nun sah sie sich veranlasst, das Loch zu vergrößern und es so auszurichten, dass es einen möglichst umfassenden Einblick bot. Man könnte annehmen, dass … Dies aber geht niemanden etwas an.

Als das Pärchen geheiratet hatte, oder sich getrennt hatte. Wer weiß. Wie auch immer. Sie zogen weg aus der Mansarde. Als sich dann nichts Interessantes mehr am Horizont zeigte, bedeckte Zdroba das Loch mit dem Kleiderschrank. Vor Angst, eines Tages entdeckt zu werden.

Erbittert stemmte sie sich gegen den mit allerlei altem Zeugs voll gestopften Kleiderschrank. Sie wäre imstande gewesen, ihn zu Kleinholz zu verarbeiten. Wenn sie bloß diese entsetzliche Neugierde befriedigen konnte, die so mächtig über sie gekommen war.

Zdroba heftete ihren gierigen Blick an das geheime Guckloch.

Medusa trank aus einem fast randvollen Glas Wodka. Im Türkensitz auf einem Fell kauernd, rauchte sie. Während ihr die Tränen über die Wangen liefen. Schweigend. Die Tränen kullerten ihr über die Wangen. Aus dem Tonbandgerät erklang richtiger Partylärm. Es wurde angestoßen. Man erzählte sich Witze über Bulă. Gelächter. Schmatzende Küsse. Medusa aber trank Wodka und schluchzte still vor sich hin.

Zdroba hing mit den Augen am Guckloch und blickte einige Minuten lang hindurch. Das war‘s dann also. Dann warf sie einen letzten Blick in Medusas Zimmer. Gläser mit Getränken standen auf dem

Tischchen. Einige waren umgefallen. Viel Zigarettenasche im Aschenbecher und daneben. Geöffnete Geschenkpakete. Überall lagen die Bänder herum. Glückwunschkarten.

Zdroba erhob sich von ihrem Ausblick. Sie verlangte sich noch einmal alles ab und schob den Kleiderschrank zurück an seinen Platz.

Draußen wurde es langsam hell. Flocken von der Größe einer Drei-Lei-Münze schwebten herab. Von der Mansarde her war ein Lachen zu hören, das immer lauter wurde.

Das Band war abgelaufen. Die Spulen des Tonbandgerätes drehten sich still weiter. Medusa blickte ins Leere. Ein hysterisches Lachen schlug den vorbeigehenden Frühaufstehern am ersten Tag des Jahres entgegen. Verblüfft warfen sie einen Blick nach oben. Und gingen weiter.

Der Widerspruch

Durch Vorliegendes möchte der Unterzeichnende zu bedenken geben, dass an dem Tag … obzwar ich eigentlich nicht … aber weil ich unabhängig von meinem Willen sprechen will … ich also mithin die Gültigkeit bestreite. Aus humanitären Gründen.

An dem Tag. Es regnete wie in einem französischen Film. Ich weiß nicht, ob auch Sie diesen Film gesehen haben, es war ein Film mit Charles Bronson und einer Blondine; stupsnasig war die, sommersprossig und Französin. Der sogenannte Charme der Sommersprossigen, die Antiheldin, der Antivamp mit dem Körper einer ungedeckten Jungfrau.

Vielleicht erinnern Sie sich daran, die Heidin kommt in gelb-orangenen Gummistiefeln aus der Stadt. Trägt einen gelb-orangenen Regenmantel. Sitzt im Bus. Draußen regnet es. Es regnet. Und wie es regnet! Ein melancholischer Regen. Und trotzdem heftig. Genau so wie in französischen Filmen. Nun ja. Wie in Filmen. Die Monotonie des Geräusches schläfert dich ein. Nein, sie lässt dich meditieren. Ins Leere blicken, zum Fenster hinaus. Als würdest du meditieren. Draußen ist es dunkel. Eben bricht der Abend herein. Die Lichter der französischen Bauernhäuser, die Ernte auf lockerem Boden, der Verbrecher, der ermordet wird. Alles dies sieht man durch das Fenster. Und es beherrscht dein Unterbewusstes. Denn jetzt sind wir erst am Anfang des Filmes und die stupsnasige und sommersprossige Heldin weiß noch nichts. Alles wird von außerhalb des Busses gefilmt. Durch das Fenster. Und die Heldin wird nicht so wie in schlechten Filmen gezeigt, wo sie immerzu in die Kamera blickt. Man sieht, dass sie abwesend ist, als wüsste sie nicht, dass sie gefilmt wird. Ihr Mann ist Flieger und liebt sie wie verrückt. Obwohl er nie zuhause ist. Vielleicht eben darum. Und sie haben Geld. Reichlich. Flieger, Teufel nochmal. Die von den Luftstreitkräften mit ihren Geschäften.

Und, wie ich schon sagte, sie trägt gelb-orange Gummistiefel. Hat einen männlichen Haarschnitt. Und der Verbrecher hat sie längst ins Auge gefasst. Er steht auf knabenhafte Frauen.

Nun, ja. Irgendwo hinter einer Ecke. Schließlich sind wir alle Menschen. Dann schließt er seinen Hosenschlitz. Der Bus ist vorbeigefahren. Alles hat sich beruhigt. Die Heldin geht mit Einkäufen bepackt durch den Regen. Was aber zählt, ist das Bild, das mich verfolgt. Außerhalb des Busses aufgenommen. Es regnet. Regnet. Und wie es regnet. Die beschlagene Fensterscheibe wird von den Schlieren herabrinnender Regentropfen zerschnitten, die sich schmerzhaft bis zu den Gummieinfassungen des Fensterglases verlängern. Ob einem wohl auch in französischen Filmen bei Regen im Bus das Wasser auf den Kopf tropft?

Und trotzdem, es schien früher Morgen zu sein. Die Luft war klar, wie frisch mit einem Schwamm gewaschen. Aber es war unglaubwürdig. Was sollte diese Antiheldin so früh schon zu tun haben. Wie auch

immer, ich erinnere mich nicht. Vielleicht war es auch nicht so. Vielleicht stimmt überhaupt nichts. Etwas muss aber wahr gewesen sein. Obwohl, ich gebe zu, dass ich ein ganz erbärmliches Gedächtnis habe.
Während der Bus fuhr, sah ich zum Fenster hinaus. Eintönig – eintönig. Sie dachte an die Erstkommunion, an ihre erste Liebe, weiß der Teufel, an den Verbrecher, den sie umbringen würde. Jedoch, ich hab's ja gesagt. Es war der Anfang des Films. Man sah die Regentropfen so schön das Fensterglas fließen, als flössen sie ihr über das Gesicht. Tränen.
Es war der Anfang des Films. Und sie wusste nicht einmal, dass es einen Verbrecher gab. Somit auch nicht, dass sie ihn ermorden würde. Und dass sie das arme Bronsonchen austricksen würde. Und den Flieger. Der sie liebte wie ein Irrer. Mitsamt ihren hässlichen Knien. Weiß der Teufel. Vielleicht war es auch nicht so. Vielleicht bringe ich es durcheinander. Vielleicht vermenge ich da was. Mir ist, als hätte ich schon gesagt, dass ich ein sehr schlechtes Gedächtnis habe. Und immer wenn ich einen Fensterplatz ergattere. Und mich sonst um nichts kümmere. Kommt es vor, als spalte ich mich auf, wie eine Kamera, die von filmt, wie der Zug abfährt. Wie im *Tal der Puppen*. Während man aus dem Off hört: *Do you know the way to San José*. Aber vielleicht ist es nicht so. Und vielleicht habe ich Das Tal der Puppen gar nicht gesehen. Der Film lief ewig nicht mehr, Sharon ist seitdem ermordet worden, ich bin erwachsen geworden und vieles andere mehr …
Und, wie ich schon sagte. An jenem Tag regnete es.

Es regnete tatsächlich. Ich sah den freien Platz. Am Fenster. Das Tal der Puppen. Und die Mörderin des Mörders, die meditiert, während es regnet.

Aber wissen Sie, die ganze Luft war gesättigt von der Monotonie des Regens. Und von jenem flüssigen Geräusch, das ab und zu, wenn der Bus durch eine Pfütze fuhr, die Monotonie unterbrach. Das Glück einer guten Kanalisation.

Als ich einstieg, war ich von den Geräuschen und Bildern wie hypnotisiert. Aufgrund der vielfältigen Einsparungen schien draußen erst früher Morgen zu sein. Die Regenschwaden zerschnitten das Licht, materialisierten es. Wider alle Gesetze herrschte im Bus eine ruhige Atmosphäre, es war friedlich wie in einem Teehaus.

Die beschlagenen Fensterscheiben wurden von den Spuren der Regentropfen mit langen, unregelmäßig verlaufenden Narben überzogen. Alles schläferte dich ein. Ich aber sah die Knabenhafte wieder. Im Drehbuch stand nichts davon, dass sie eine Fahrkarte kaufte. Vielleicht hatte sie ein Abonnement. Vielleicht fuhr man bei ihnen umsonst. Ich hatte nie daran gedacht, Sie verstehen! Wenn man solche Gedanken hat. Die Taxe, taxieren, taxare, taxatus.

Auf dem Sitzplatz rechts starrte ein Mädchen in orangefarbenen Gummistiefeln auf das in Monotonie erstarrte Fenster. Die Monotonie der Geräusche. Die Monotonie der Narben, die sich bis zur Gummieinfassung des Fensters hinzogen. Die Monotonie des Textes. Sie schien erstarrt. Ich wünschte, draußen im Regen zu stehen, eine Filmkamera zu sein, die eine

Großaufnahme macht. Von ihren feinen Sommersprossen, die wie ein Frühlingsregen aussahen.
Dann stand sie auf. Sie trug einen gelb-orangen, glänzenden Regenmantel. Wie man sie in westlichen Zeitschriften sieht. In Gedanken stellte ich fest, wie gut sich in letzter Zeit unsere Kontrolleurinnen anzogen. Ich verzehrte sie mit den Augen. Denn sie hatte einen jugendlichen Körper, der wie unberührt wirkte.
Sie verstehen, dass ich nicht daran dachte, das Billett zu lösen. Es war ein Tag wie in den französischen Filmen, mit sehr viel Regen. Sie wollte es sehen. Ich hatte immer eine Schwäche für knabenhafte Mädchen. Sie hatte einen Jungenhaarschnitt. Die Beine waren beinahe rachitisch, wie man sie zur Zeit der Miniröcke liebte. Jene Sorte Beine, die ich anhimmele, obwohl ich kein Flieger bin.
Aus diesem Grund und aus anderen Gründen – aus allen anderen Gründen. Möchte der Unterzeichnende mit Vorliegendem zu bedenken geben. Obzwar ich eigentlich nicht. Unabhängig von meinem Willen. Also erscheint es mir auch nicht rechtens und menschlich. Deshalb meine ich und widerspreche. Mit einem Wort, ich widerspreche dem Protokoll.

Anghelina, deren Großmutter von einem Traum erschlagen wurde

Ich heiße Anghelina. Und das auch nur ihretwegen. Nur wegen dieser Großmutter, die in ihrem Sessel kauert. Warte, Anghelina. Komm, Anghelina. Sieh mal, Anghelina. Sie liebte es, ständig meinen Namen zu nennen.

Ich heiße Anghelina Petrache. Und das auch nur wegen ihm. Obwohl nun nicht von ihm die Rede ist. Nicht Petrache ist an diesem Vormittag gestorben. Warte, Anghelina. Komm, Anghelina. Geh, Anghelina. Und dies auch nur ihretwegen. Wer mich so reden hört, könnte glauben, ich könne meinen Namen nicht ausstehen. Auch davon ist jetzt nicht die Rede. Bloß, dass ich mich nicht als Anghelina fühle. Und jedes Mal, wenn mich jemand so nennt, empfinde ich die heimliche Freude, einen Namen zu missbrauchen. Dass es mir ihretwegen gelungen ist. Dass ich es ihr verdanke. Und selbstverständlich auch mir. Die anderen ausgetrickst zu haben. Anghelina rechts. Anghelina links. Bloß, dass ich nicht Anghelina bin. Aber vielleicht ist nicht einmal davon die Rede.

Und all dies einzig und allein ihretwegen. Lange schon ist sie klein und vertrocknet. Was soll ich bloß mit den Gefühlen anfangen. Ich denke an sie und sage: Ein Glück, dass sie gestorben ist. So spricht man wenigstens noch über sie. Zum letzten Mal. Über sie, die Vergessene. Die im Keller des Lebens lebte. Eine Kartoffel in einem Keller. Obzwar ich, Anghelina, sie niemals vergessen habe. Ich habe sie aus meiner Existenz ausgeschlossen. Schlicht und einfach. Nach einiger Zeit hatte ich sie verloren. Und seit einer geraumen Weile schon ist mir auch Anghelina abhanden gekommen und mit ihr alle ihre Erinnerungen.

Sie ist gestorben. Welch ein Glück für sie. Aber was für ein Glück für uns. Die wir schließlich feststellen können, dass sie noch existiert. Ich ging nicht hin, sie zu sehen. Auch hat mich niemand dazu eingeladen. Du spielst ein bisschen zu sehr die Trotzige und Gefühllose. Wobei ich um nichts in der Welt an Gefühle glauben würde. Um nichts in der Welt etwas empfinde. Was soll ich schon empfinden. Bloß so. Von Zeit zu Zeit. Wenn mir so ist, als wäre ich noch Anghelina; und dann erinnere ich mich an sie.

Niemand in der Familie stimmte ihr zu. Als *die Andere* starb. Ihre Tochter. Meine Mutter. Ich erinnere mich. Da war ich noch ein bisschen Anghelina. Mich erschreckten ihre aufgedunsenen Beine. Ihr Schädel verwirrte mich. Ihre rebellischen Backenknochen, die in die knisternde Transparenz ihrer Haut stachen. Und die Augen. Ihre Augen, die den Anblick des Lebens zu verscheuchen trachteten. Die Augen verfaulen niemals. Die Augen, auf denen der Abdruck der Erscheinungen ewig währt. Es übersteigt meine Kräfte, von den Augen zu sprechen. Und trotzdem tue ich es. Im Glauben, damit ein Vorurteil zu überwinden. Im Angesicht des Todes werden die Vorurteile vom Wind zerstreut. Aber ich kann nicht hinlänglich erklären, wie das Auge mit all dem, was es in sich angesammelt hat, überlebt. In ihrem Auge bleibt mein Abbild bestehen. Ich, Anghelina, werde ewig währen. In ihrem Auge. Während ich darin sehen kann, wie sich die Geschichte um eine Achse dreht. Ob dies wohl die Zeit ist? Die sich in unseren Umlaufbahnen verbirgt.

Als *die Andere* gestorben ist. Ich erinnere mich. Sie war die Tochter dieser kauernden Großmutter. Ich hatte sie kurz vorher noch einmal wiedergesehen. Kurze Zeit davor. Nun bin ich dran, sagte sie zu mir. Und weil ich noch Anghelina war, wurde mir übel. Ich verließ das Spital und übergab mich vor der Tür. Geh, Anghelina, hatte sie gesagt. Lass nur, ich werde dich schon rufen. Ich kann nicht sagen, was jene Worte bedeuteten. Bis heute hat sie mich nicht rufen lassen. Dann habe ich sie verwechselt. Auch ich habe diese Backenknochen. *Die Andere* sagte, sie kämen von der Urgroßmutter. Ihre unnatürlichen Beine hatten mich erschreckt. Der Anblick dieser Beine. Von unten gesehen. Der verzerrte Blick. Immer ist es so in solchen Situationen. Aber ja, dies ist eine solche Situation. Wäre ich Anghelina, so würde ich gewiss das passende Wort finden. Ein Wort aus verzerrter Perspektive. Ein Wort, von unten betrachtet. Was für ein Blödsinn. Aber ich fühle auch jetzt, wie ich verblöde. Und ich empfinde mich beinahe als Anghelina. Wenn es schon so weit ist, reicht ein Wort nicht mehr aus. Nichts kann das Unendliche ausdrücken.
Und wenn ich daran denke, dass all dies nur ihretwegen so ist. Wegen Großmutter. Weil sie jemand war.

Und ohne sie hätte es *die Andere* nicht gegeben. Und ohne *die Andere* hätte ich mich nicht vor dem Spital übergeben können. Ich, die ich ein Kind im Leib trug. Und *die Andere* wusste nichts davon. Mir war übel. Und ich dachte, es liege daran, dass ich Anghelina war.

So, wie man den Rock zusammenrafft, wenn man sich hinsetzt. Wie man sich ein Taschentuch ausbreitet. Wie man seinen Körper und seinen Geist vorsichtig einhüllt. So verspüre ich das Bedürfnis, mich zu sammeln. Zu rekapitulieren.

Ein Glück, dass sie gestorben ist. Sonst hätte ich mich noch mehr verspätet. Über Gebühr. Und hätte mich möglicherweise ganz verloren. Für immer. Vielleicht hätte ich auch gar nicht mehr Anghelina sein wollen. Dies ja, dies wäre tatsächlich ein Sieg gewesen. Niemand ist mehr Anghelina. Keiner ist mehr, der er ist. Das nenne ich einen Sieg. Und trotzdem, ich habe nicht darauf verzichtet. Zum Glück passiert ab und zu etwas, das mich daran erinnert.

Damals. Zuerst hab ich gehustet. Dann mich übergeben. Jedermann hätte das anders gedeutet. Aber davor hatte ich ihre Beine gesehen, die immer mehr anschwollen. Und sie, die sie wie unbeteiligt betastete. Dies ist die letzte Phase. Wozu hast du mir die Blumen mitgebracht. Noch bin ich nicht verreckt. Und schickte mich nach Hause. Warf mich raus. Wieder hab ich mich als ihr Kind gefühlt. Aber nun war es zu spät. *Die Andere* kriegte dies nicht mehr mit. So selten hatte ich mich als ihr Kind gefühlt. Und sie hatte das immer gleich gemerkt. Ich konnte ihr nun mit nichts mehr helfen. Ich vermied es, den Blick zu erheben. Ihr gefiel mein Name nicht. Deine Großmutter mit ihren Phantasien. Anghelina. Du wirst niemals Anghelina sein. Und ich ging. Auf den Knien.

Ich ging auf den Knien. Bis eines Tages sie zu mir sagte: Willst du mich mit Füßen treten? Noch bin ich nicht so weit. Wehe dir. Du gleichst deiner Großmutter. Du gleichst deinem Vater. Du gleichst. Wehe dir. Und immer so fort. Ich sah weg. Und konnte ihr nicht helfen. Schon lange war ich nicht mehr ihr Kind. Wirst allein sein und dich heulend in die finstersten Ecken verkriechen, sagte sie zu mir. Und ich hatte nichts, womit ich ihr hätte helfen können. Selbst wenn sie weinte. Sie. Und keiner etwas davon wusste. Sie erbarg sich und weinte. Lange schon war ich nicht mehr ihr Kind. Ich werde dich schon ins Geschirr nehmen, sagte sie. Lange schon ging ich nicht mehr in die Knie. Und vielleicht war ich am Ende doch Anghelina. Oder aber ich hatte gerade aufgehört, sie zu sein. Dies ist es, was ich herauskriegen will.

Ein Glück, dass sie gestorben ist. *Die Andere*, meine ich. Lange schon hatte Petrache auf ihren Tod gewartet. Dann weinte er ausgiebig. Vielleicht habe ich ihn nicht verstanden. In jener Nacht war er glücklich. Und konnte es nur schwer verbergen. Es war eine Liebesheirat. Wozu. Fragte *die Andere* so viele Male. Die Liebe ist unsagbar grausam. Vielleicht wollte sie mich schützen. Allerdings kann ich es nicht verbergen. Seit langem schon hatte ich darauf gewartet, dass etwas Irreparables geschieht. Ich kann mich nicht beklagen. Auch ich habe eine Tochter. Auch sie wird mich mit

Füßen treten. Auch sie wird eines schönen Tages nicht mehr Anghelina sein. Ich werde beizeiten sterben. Vorher aber. Werde ich sie lehren, mich mit Füßen zu treten. Aus diesem Schmerz wird sie geboren werden.

Nun ja. Zum Glück. Sie ist beizeiten gestorben. Wie hätte ich es sonst erfahren können. Das ich nicht mehr Anghelina bin. Und doch bin.
Wie hätte ich sonst erfahren können. Ich aus *der Anderen*. Und *sie* aus *mir*. Sie. Die neue Anghelina. So wird sie auch über mich sprechen. Nein. Ich habe nicht den Mut, noch etwas hinzuzufügen. Was *sie* sagen wird, werde ich nie erfahren. Deshalb. Manchmal erschüttert mich das Leid derjenigen, die Großmutter Anghelinas Tochter war. Immer hat sie sich vor dem Alter gefürchtet. So stark, dass sie immer versuchte, sich mit dem Gedanken vertraut zu machen. Von nun an bin ich alt, sagte sie sich. Als sie am Ende ihrer Kräfte angelangt war, stand sie in der Blüte des Lebens. Sie hatte ein tragisches Schicksal. Ich habe mir ein heroisches Schicksal ausgesucht. Heldentum ist Feigheit. Tragik lässt mich schaudern. Sie schneidet mir die Luft ab. Aus der Nähe betrachtet, sieht das Tragische immer grotesk aus. Trotzdem. Ich mag die Nahperspektive.
Manchmal erschüttert es mich. Das Leid in ihren Augen wird ewig währen. Mir ist beinahe so, als könnte ich mich wieder als ihre Tochter fühlen. Aber ich weiß nicht recht, was das ist. Ich fühle mich als niemandes Tochter. Ob dies etwa typisch für Anghelina ist. Ab und zu adoptiert mich jemand. Aha, sage ich zu mir. So muss es sein. Ob man wohl auch eine Mutter ad-

optieren kann. Dann fällt mir *die Andere* ein, und ich fühle, dass meine Wangen glühen. Ich vergegenwärtige mir die Leiden wieder. Ich ahne sie. Vielleicht habe ich sogar begonnen, sie tatsächlich zu spüren. Und niemand kann mir helfen. *Die Andere* ist nicht mehr.

Großmutter sitzt im Sessel. Und glaubt, all dies zu träumen. In sich trägt sie wie ein Samenkorn die vergangenen und die zukünftigen Leben. Vom Blitzschlag eines Traums getroffen, bricht sie zusammen.

Deine Großmutter mit ihren Phantasien. Alle Frauen aus unserer Familie hießen Anghelina. Aber deine Großmutter redet Unsinn. Ich glich ihr nie. Ach, was. Auch du bist nicht Anghelina.

Vom Blitzschlag eines Traums getroffen, stöhnt Großmutter auf: meine Tochter sagt, es ist nicht gut so. Weshalb so viel Grausamkeit. Aus Liebe. Denn sieh, was aus ihrem Leben wurde. Und warum Anghelina. Als hätte man in unserer Familie keine anderen Namen mehr finden können. Väterlicherseits, sagt sie. Väterlicherseits.

Aber vielleicht wusste sie es. Deshalb hat sie mich so gehasst: Du hast einen Säufer aus ihm gemacht. Und dabei war er gar kein Säufer. Ich habe ihn trotzdem geliebt.

Sie lügt. Niemals hat Dein Großvater etwas gewusst. Deshalb. Weil ich ihn nicht haben wollte. Sie haben ihn mir aufgezwungen. Er aber hat nie etwas davon gewusst. Ich habe getan, was ich konnte.

Du mit deinen Phantasien, sagte sie mir. Meine eigene Tochter: Dein ganzes Leben hast du gesponnen. Nun

willst du mir auch Anghelina verderben. Du trübst ihren Verstand. Sie ist nicht dein Kind. Ich werde es nicht zulassen. Was du ihr da ständig einredest. Als wenn du Anghelina wärst. Du bist senil. Was ist das, eine Liebesheirat. Allein mir hast du solch einen Blödsinn eingeredet.
Ob sie schläft oder nicht. Wer weiß. Denn Großmutters Auge blickt auf eine innere Zeit. Ihre Tochter habe sie mit einem anderen gemacht, habe jemand gesagt. Und dies wiederum habe jemand anderes jener Person gesagt. Mit einem Professor, habe man ihr gesagt.
Ich bin nicht Anghelina. Und auch du bist nicht Anghelina. Aber deine Großmutter glaubt immerzu, dass jemand. Schließlich. Aus unserer Familie.

Ich finde mich im Sessel wieder, wo ich den Traum einer Großmutter träume. Der Gedanke durchfährt mich, ich, Anghelina P. existierte gar nicht. Die Reihe der Anghelinas sei nichts anderes als eine unendliche Kette von Plus und Minus. Die kalligraphische Kontur eines perfekten Buchstabens. Eines runden Buchstabens. Endlos. Dass das stete Leben Unbeweglichkeit sei. Und es keine Zeit gebe. Dass ich mich niemals vor dem Spital übergeben habe. Meine Tochter wird über mich nie Sie – Anghelina, sagen. Der es nie gelungen ist, sie selbst zu sein. Die ich auch nicht mehr bin. Ich, die ich nicht einmal Anghelina bin. Die Zeit gibt es nicht. Und das Leben ist Reglosigkeit. In einem Traum kannst du dich nicht widersetzen.
Vielleicht aber doch. Dies sagt mit ihren Phantasien deine Großmutter Anghelina.

Die alte Helena Rubinstein

Ich fühle mich sehr wohl in meinem Zimmer, meine Liebe.

Ihre kleinen farblosen Augen, die früher einmal groß und blau waren, glänzten wie der Sprung in einem Glas, der von einem Lichtstrahl getroffen wird. Dann verloschen sie sogleich, traten zurück in die blauschimmernde, pergamentige und durchscheinende Haut.

Wir sind nichts als irgendwelche Menschen, meine Liebe. Sind keine Götter. Menschen, die der Vergänglichkeit unterworfen sind.

Und ich konzentrierte mich auf ihre raschelnden Augenlider, auf die leicht geschwungenen Brauen, die, wie ich vermutete, mit der feinen Spitze des Stiftes von Helena Rubinstein nachgezogen worden waren.

Es ist nicht gut, wenn eine Frau so viel studiert, meine Liebe. Sagten ihre großen Zähne, die, von den bläulichen Lippen entblößt, im geschrumpften Zahnfleisch steckten. Auch ihre Haut schien geschrumpft, wie eingelaufene Wäsche, so dass die Adern blau hervortraten. Helena Rubinstein hatte bloß an den Brauen ihre Pflicht tun können. Die Wimpern stumpf, abgenutzt vom millionen- und abermillionenfachen Blinzeln, konnten nicht mehr getuscht werden.

Was hätte ich nicht alles dafür gegeben, dass mir der Anblick dieser stummen und ergebenen Traurigkeit ihrer Hände erspart geblieben wäre.

Eine Frau sollte nicht so viel studieren. Ich habe studiert und immer wieder studiert.
Ich hatte sie beobachtet. Hatte sie, seit sie angekommen war, beobachtet. Eines abends klopfte sie an meine Tür. Ich gehöre zum letzten Aufgebot, meine Liebe, sagte sie, als sie eintrat. Nun, da wir nicht am Nordpol leben. Bei den Eskimos. Da verschwinden die Alten einfach. Hauen ab und verschwinden im Ewigen Schnee. Um zu erfrieren. Von den Wölfen gefressen zu werden. Welche Ergebenheit, meine Liebe, welche Schicksalsergebenheit.
Und ich erschrak. Über diese Resignation. Wenn es so weit käme, dass sie sich für den Rest ihres Lebens in ein Erholungsheim zurückzieht. Wegen der dunkelblauen Resignation, die sich als Ringe um ihre Augen legte.
Mitleid. Angst. Bot ihr einen Kaffee an. Sie zitterte nicht. Machte keine unsicheren Bewegungen. War bloß langsam. Und bei alledem fürchtete sie sich vor dem Tod. Mit aller Würde.
Es ist das Atomzeitalter. Es ist schwierig, das Atomzeitalter. Und ihr seid die Menschen des dritten Jahrtausends. Sagte sie mit tonloser Stimme. In der offenbar das Bedauern lag, etwas unterlassen zu haben. Sie war wie eine Flamme, die kurz vor dem Verlöschen noch einmal aufflackert. Dann hatte sie sich plötzlich gefasst.
Ich habe meinen Mann vor fünf Jahren verloren. Habe ihn verloren, meine Liebe. Er war tapfer. Tapfer war er, meine Liebe. Innerlich musste ich lachen. In meiner Nichtswürdigkeit. Worauf ich mir einen Ruck gab.

Er war ein Held. Sagten ihre großen Zähne, entblößt von den bläulichen Lippen. Eingelaufen im Wasser der Zeit. Er war sehr schön. Physisch und seelisch, meine Liebe.
Und ich stellte mir vor, wie riesig jenes Messer sein musste, das zwischen Leben und Tod niederfährt. Das Fleisch der Zeit zerreißt. Eine Linie einkerbt. Das Leben vom Tod scheidet. Und konnte trotzdem nicht wirklich verstehen.
Ihre kleinen, blass gewordenen Augen aber füllten sich mit einem glänzenden Raureif. Es waren keine Tränen. Es war eine Art Sekret des Stolzes.
Ich war Ballkönigin am Quai d'Orsay ... Ja, ein wahrhaft tapferer Mann. General war er. Du würdest es nicht glauben. Er entkam dem Todesdreieck. Er hatte das Zeug zum Helden. Er genauso wie sein Vater. Eine wirkliche Epopöe.
Und der General ist vor fünf Jahren gestorben. Er war dreiundachtzig. Wir sind bloß Menschen, die der Endlichkeit anheimgegeben sind.
Und bei alledem. Fürchtete sie sich vor dem Tod. Stellte den Wecker, um alle drei Stunden ihre Medikamente einzunehmen.
Ich bin Ballkönigin gewesen. Am Quai d'Orsay. Denn ich hatte noch einen Mann. Das hab ich dir noch nicht erzählt. Vor dem General. Er war Kommandeur.
Kommandeur. Kommandeur klingt beeindruckend. Klingt hart. Wie Sonderkommando. Wie etwas, das hohem Risiko ausgesetzt ist. Oder der großen Weisheit des Todes. Aber er ist bloß fünfzig geworden. Ha-ha-ha-ha. Lachte sie und blinzelte mit ihren pergamente-

nen Augenlidern. Hat mich sitzenlassen, verstehst du. Das heißt, er hat mich wegen einer anderen verlassen. Sagte eine Frau. Die Ballkönigin am Quai d'Orsay war. Sagte der Rest einer Frau. Oder ein geschlechtsloses Wesen. Das einmal eine Frau war.

Wie brünett du bist. Welch dunkle Haare du hast. Sagte ihr fleischloser Mund, während sie ihre Mütze absetzte. Unterwegs habe ich mir den Kopf verkühlt. Wie dunkel deine Haare sind, sagte ihr vertrockneter Mund. Meinem rötlichen Haar. Ich betrachtete sie nachsichtig. Etwas blitzt in ihr auf. Ein Anflug von Koketterie. Sie ordnete die wenigen grauen Haare, die, wie mir schien, einmal blond waren.

Ich müsste mir die Haare schneiden lassen. Ob die hier wohl Haare schneiden. Die Frage klang merkwürdig und unvollständig. Ob die hier einem Gespenst wie mir wohl die Haare schneiden, hätte sie hinzufügen müssen. Ein vertrocknetes und zerknittertes Phantom. Mit dünnem und sprödem Haar.

Ihre Augen verfolgten mich. Und der feine Strich von Helena Rubinstein. Der große Abstand zwischen Augen und Brauen. Blau. Obwohl die Proportionen sich änderten; wenn ich leicht die Augenlider zusammenkniff, konnte ich etwas vom Quai d'Orsay wiedererkennen. Möglicherweise sogar die Schönheit einer grün parfümierten Marguerite. Etwas in der Art Vent vert. Anders kann ich es nicht nennen. Etwas, das schlicht und einfach nach Weiß und Grün duftete. Wie der Wind riecht, wenn er über Gras und Margueriten fegt.

Ich sah sie vor einem Flügel stehen und singen. In

einem Salon, umgeben von Offizieren, die sie umwarben.
Er ist bloß fünfzig Jahre alt geworden, meine Liebe. Ist jung gestorben. Ha-ha-ha-ha. Hat mich verlassen. Wegen einer anderen. Eines Tages kam er und sagte, Maman chérie, wir müssen uns scheiden lassen. Wenn nicht, fliegen meine Rangabzeichen davon. Und in einem Jahr können wir wieder heiraten. Ah, mais non, chérie … antwortete ich. Wenn die Dinge so stehen, dann mögen sie dir bekommen. Hast du etwas getan, so sei's getan! Und Arm in Arm gingen wir zum Gericht, denn schließlich waren wir Freunde. Dann hab ich mir meinen Buben genommen und bin gegangen. Und so hat die andere Frau ihn sich geschnappt. Nachdem sie ihm auch ein Kind angedrcht hat. Er lebte noch eine Weile, als wir uns getrennt hatten. Dann stürzte er bei Cluj dem Flugzeug ab. Die Tragflächen hatten nicht gehalten. Es war schrecklich, meine Liebe. Damals stürzten viele Flugzeuge ab. Man nannte sie fliegende Särge. Dass man mit dem Leben der Menschen einfach so seine Geschäfte macht. Stell dir vor, wie schrecklich das war. Dort, wo er aufschlug, entstand ein Brunnen. Eine Quelle sprudelte hervor.
In Paris waren wir glücklich. Ich habe an der Sorbonne studiert. Beide hatten wir Stipendien. Unglaublich. Aber es ist nicht gut, so viel zu studieren, meine Liebe. Für eine Frau ist es nicht gut. Wozu brauchte ich das schon. Und danach wusste ich nicht, was ich anfangen sollte. Glaub bloß nicht, ich wollte mich hervorheben. Sie wollten, dass ich an die Scala käme. Denn ein Jahr lebte ich auch in Mailand. Ich hatte eine außergewöhn-

liche Stimme. Aber es ist nicht gut, zu viele Talente zu haben. Man verschwendet sich. Ich war orientierungslos. Habe jung geheiratet. Liebte die Poesie. Seit damals liebe ich es zu träumen. Und das habe ich mein ganzes Leben hindurch getan. Geträumt.
Ich saß auf meinem Stuhl und sah sie an. Kam mir vor, als wäre ich im Spital bei einem Krankenbesuch. Auf den kleinen, wie in Wasser eingelaufenen Händen war der Pulsschlag in den geschwollenen Adern zu sehen. Ihre langen skelettartigen Finger jagten mir einen Schauder über die Haut. Memento. Und ich bekam eine Gänsehaut. Memento. Im Kopf hallten die drei Silben nach. Als hätte jemand dreimal kräftig auf die Taste eines Klaviers gehämmert.
Und die Urenkelin-Enkelin, Tochter-Mutter-Großmutter-Urgroßmutter lächelte schiefmäulig aus ihrer Rückzugsecke.
Ich bin die Enkelin Tican Rumanos. Sagte sie noch, während sie stolz ihren Kopf schüttelte. Und in jenem kurzen Aufleuchten erstrahlte noch einmal alles in ihren Augen. In ihrem Wesen. Und das Zimmer drehte sich. Wir konnten glauben, in Mailand zu sein. In Paris. Am Quai d'Orsay. Oder anderswo. Irgendwo, wo das Leben wie eine Messerklinge glitzert und das Fleisch der Zeit zerschneidet. Eine zerquetschte Kirsche, die auf das Margueritenkleid tropft, das vor einem Klavier singt.
Ich habe gehört, Sie lassen sich scheiden. Sagte mein zweiter Mann eines Tages zu mir. Mais vous êtes un fakir, mein Herr. Wie kommt es, dass Sie wissen, was sonst niemand weiß. Ich bin der erste auf der Liste, der

Sie um ihre Hand bitten darf. Und meine Brüder, die Kommandeure, sagten zu mir, ich möge ihn auf keinen Fall zurückweisen. Der Oberst ist ein Held. Der sein Vaterland verteidigt hat. Ein Ehrenmann.

Ja, mein Mann war tapfer. Ein schöner Mann. Physisch und geistig. Ein stolzer Mann, ein Patriot, der Geschichte gemacht hat. Ein wahrer Held.

Während sie erzählte, wuchs sie zu riesenhafter Gestalt empor. Mit ihrem Körper hatte sie die Lampe auf meinem Nachttisch verdeckt. Sie gestikulierte sehr lebhaft. Es knisterte im Zimmer.

Mit siebzehn Jahren war er als Freiwilliger gegangen. Er hatte das Zeug zum Helden. Ihr riesiger Körper hatte alles Licht verdeckt und wurde als dunkler Schatten an Wand und Zimmerdecke projiziert. Ihr Stolz erstickte alle. Ich aber hatte einen Knoten im Hals, so dass mir beinahe die Tränen kamen.

Und das Leben kann mitunter ganz schön ungerecht sein und mit blankem Messer ins Fleisch schneiden. Es trennen in Sein und Nichtsein.

Er entkam dem Todesdreieck von Mărăşti-Mărăşeşti-Oituz. Wurde aber von den Deutschen gefangen genommen und floh viermal. Er entkam. Gelangte ans Olt-Ufer. War erfroren. Völlig erfroren. Du verstehst. Wie ein Eisblock. Wie jemand, den man für die Ewigkeit tiefgefroren hat. Zigeuner haben ihn gefunden. Sie brachten ihn in ihre Hütten. Und ernährten ihn mit den Hühnern, mit Lebensmitteln, die sie gestohlen hatten. Und die sie nun ihren Kindern nicht mehr geben konnten. Weil sie den Herrn Offizier ernährten. Damit er in die Schlacht gehe. Das Land verteidige.

Und zogen ihm ihre Lumpen an. Gaben ihm ihr Essen als Wegzehrung mit. Und er ging in die Kälte hinaus und gelangte nach Milcov. Wo er zur Armee stieß. Er bat, zum Kommandanten gebracht zu werden. Du bist‘s, mein Sohn! Und sie umarmten sich. Fast hätten sie ihn in seinen Lumpen und mit all den Narben seiner Verwundungen erschossen. So hat er noch viele Heldentaten vollbringen können. Eine wahre Epopöe. Seit der General gestorben ist, ziehe ich mich nicht mehr gerne elegant an. Trage keine Kolliers mehr.
Ab und zu hat sie für sich auch französisch gesprochen; denn ich, das war klar, habe nicht an der Sorbonne studiert. Ich sah sie mir an, in ihren viel zu groß gewordenen Kleidern, die mit Sicherheitsnadeln ihrem Maß angepasst worden waren.
Ich sah in den Spiegel und öffnete meine Haare. Empfand das Bedürfnis, schön zu sein. Jung zu sein. Geliebt zu werden.
Wie braun dein Haar ist. Wie schön deine Frisur. Ich hätte lachen können. Immerzu bloß lachen. Aber vor allem weinen: Mein General war ein großer Held; sein Blut hat den Boden unseres Landes getränkt.
Mein ganzes Leben lang habe ich verloren. Verloren. Verloren. Bis ich in einem elenden und feuchten Zimmer landete. In dem ich winters nicht wohnen bleiben kann.
Wie jung du bist. Du warst noch nicht einmal geboren. Wir wohnten etwas unterhalb von Rucăr. Die Revolutionen sind gut. Gut, weil sie die Menschen gleich machen. Aber sie treffen auch die Unschuldigen. Ich hatte einen Garten, in dem ich Jonathan-Bäu-

me pflanzte. Fünfzehn Jahre lang habe ich sie mit dem Geld aus dem Sold des Generals gepflegt. Fünfzehn Jahre lang, damit sie Erträge bringen. Dann verkaufte ich den Garten und wir kauften uns eine Etagenwohnung in Bukarest.
Was für ein ehrgeiziger Mann Antonescu war. Der Marschall. Wie ehrgeizig. Der Kriegsminister fragte den General nach seiner Meinung als Spezialist. Und dieser widersprach Antonescu. Als er Chef des Generalstabs war. Was für ein ehrgeiziger Mann. Und wie er den General schikaniert hat. Mein ganzes Leben lang habe ich verloren.
Und wieder schrumpfte sie, war alt und pergamenten. Während ich, wie zur Kompensation, immer jünger wurde. Bis sie wieder sprach. Sagte: Nun bist du sechzehn. Und ich hielt ein.
Mein Leben lang hab ich immerzu verloren. Sie sollten die Etagenwohnung verkaufen, sagte man ihm. Denn sie werden sie Ihnen wegnehmen. Und sollten sich ein kleines Haus kaufen, Herr General. Es wird keinen geben, der sich auf Ihre Seite schlägt. Dann mögen die Kreuze von Mărăşeşti zu mir halten. Und wir verkauften. Aber am nächsten Tag kam die Inflation. Und mit dem Geld haben wir uns zwei Kachelöfen angeschafft. Doch der General hatte noch einen Tannenwald. Auf dem Furnica-Berg. Zuerst haben wir die Tannen verkauft. Dann den Boden. Und mit dem Geld haben wir uns eine Villa in Poiana Ţapului gekauft. Die sie uns weggenommen haben.
All dies erzählte sie mir, während im Kurhaus die Nacht hereinbrach. Sie wurde einem Gespenst immer ähnli-

cher. Schaute immer wieder auf die Uhr und schluckte ihre Medikamente, von denen sie sich nie trennte. Ich habe großes Vertrauen ins Aspirin, sagte sie. Wir waren allein in der Villa. Sie bat mich, ich möge sie auf ihr Zimmer bringen. Ich fühle mich wohl in meinem Zimmer, meine Liebe. Krächzend und stöhnend legte sie sich in ihr Bett. Meinen Mann habe ich vor fünf Jahren verloren. Er war tapfer. Und sie schlief leicht wie ein Vogel ein. Ihre Seele aber flog zu den Ufern des Traums.

Leise schloss ich die Tür. Die ganze Nacht über wachte ich angespannt. Wir waren allein in der Villa. Die ganze Nacht über nestelte jemand an den Türen herum. Im Flur. Auf der Innentreppe. Ich sperrte die Tür ab. Verstopfte das Schlüsselloch und alle Ritzen. Aber es störte mich niemand.

Niemand.

Laetitia

Wenn du sie sahst, konnte dir gar nichts anderes in den Sinn kommen. Laetitia, die Freude, dass es Schönheit gibt auf der Welt. Obwohl sie sich in verschiedenen, in unvergleichlichen Formen verbirgt.
Der Abend brach herein. Im Park senkte sich die Dunkelheit wie ein Vorhang über die Tannen. Auf der Terrasse Falter und Ungeziefer aller Art – die bewegte Aura der Glühbirne. Nichts. Hin und wieder irgend jemandes Gelächter, das über die Lichtzone hinausdrang. Das vielleicht sogar über den Park hinaus drang. Und dieses Gelächter, was denn sonst, als das Zeichen. Der Lichtfleck über einer großen Wüstenei der Finsternis.
Laetitia näherte sich der Terrasse vom Park her. Man hörte ein Teelöffel in einem Glas klingeln. Unwahrscheinlich. Aber das Geräusch war unverwechselbar. Ein weiteres Zeichen auf dem weiten und stillen Lichtfleck. Laetitia näherte sich mit langsamen und leichten Schritten. Die Terrasse in der Nacht. Nichts konnte ihr in diesem Licht gleichen. Weder im Klingeln noch im Geräusch der Steinchen auf den Tafeln aus Bein. Die Spieler, deutlich sich abhebende Figuren vor dem Nachthintergrund. In Gedanken versunken, machten sie ihre Bewegungen. Die hätten banal sein können. Gehörten sie nicht zu einem Ritual.
Im Liegestuhl rauchte eine Dame, betrachtete sie.

Man hätte meinen können, sie habe nichts mit deren Anspannung zu tun. Sie rauchte ruhig, hüllte sie ein mit ihrem Rauch und ihrem umfassenden Blick.

Nie wieder wird diese Dame, an diesem Sommerende in ihrem Liegestuhl sitzen. Laetitia sah auf die Terrasse mit der Glühbirne und dem Ungeziefer. Mit den Spielern und der Frau in der Liege, die sie bewachte.

Nie wieder wird Laetitia schön und traurig und in Gedanken versunken aus einem Park treten. An einem Abend im Spätsommer.

Keine Musik mehr, kein rätselhaftes Geraschel der Bäume.

Lediglich das Klappern der Steinchen, ab und zu ein Löffel in einem Glas, ein Auflachen, das die Abgeschiedenheit durchdringt. Das Glas, der Löffel. Ja, jetzt ist es etwas besser. Neben dem Liegestuhl steht ein Schemel, auf dem die Dame ihr Glas stehen hat. Sie trinkt keinen Alkohol. Sie spielt nicht. Und wer weiß, was sie sonst noch alles nicht tut. Sie ist Teil eines Bildes. Und doch eigentlich nicht, sie gehört nicht dazu. Eigentlich. Sie stellt die Verbindung her zwischen dem Bild und der unfassbaren Welt. Laetitia spürt ihren ungenauen Ausdruck: der Park, die Dunkelheit, der Tod. Sie hat keine Lust, sich zu nähern. In diesem Bild steckt etwas, das sie traurig stimmt. Sie unterdrückt jede Ironie. Weil sie sich nicht mehr verstecken will. Nicht mehr entziehen will. Ironie ist Feigheit. Sieh, was für eine Entdeckung sie an diesem Spätsommerabend macht. Gut. Vielleicht hat sich das ein anderer auch schon gesagt. Sie aber hat es eben jetzt entdeckt. Just in diesem Augenblick, der Löffel kling-kling. Und niemals mehr dieser Tee, und

die Minze und die Luft. Niemals.
Da war etwas, das sie traurig machte. Über alle Maßen, hätte sie gerne angefügt. Und sich über die Gemeinplätze lustig gemacht. Hätte es eigentlich vorgezogen zu grinsen. Aber wem hilft‘s schon, wenn man über Gemeinplätze lacht. Vor allem an diesem Abend, da sie solch eine Entdeckung gemacht hat. Nein, sie wollte nie wieder grinsen. Sie würde ganz einfach die Gemeinplätze vermeiden. Mit großer Sorgfalt. Herrgott, das ist unmöglich. Eine unerträgliche Last.
Ironie ist Feigheit. Wie setzt man von solch einem Augenblick an sein Leben fort. Wie betrachtet man weiterhin diejenigen, die lachend einer nach dem anderen die Steinchen bewegen und vom Blick der Dame im Liegestuhl überwacht werden.
Zigmal habe ich in Gedanken den Weg wiedergesehen, den Laetitia aus dem Park kommend und auf die Terrasse gehend zurücklegt. Jedes Mal scheint es mir, als verberge dieser Weg etwas Rätselhaftes, äußerst Wichtiges, das ich nicht ausdrücken kann. Gleich da, wo er aus dem Park führt, kommt mir dieser Weg unendlich vor, obwohl er bis zur Terrasse hin sehr kurz ist – Laetitia berührt kaum den Boden, sie schwebt. Wie drückt man all dies mit wenigen und genauen Worten aus. Wie drückt man die Bedeutung aus, die im Offenbarungscharakter dieses Weges liegt. Laetitia aber nähere man sich vorsichtig. Ihr Blick. Ihre Schritte. Man hört sie nicht. Die Erde aber ist in die Dunkelheit versenkt. Bloß ein Auge ist offen. Ein Lichtauge, das eine Terrasse darstellt. Laetitia geht wie im Schlaf darauf zu. Die Frau aber. Nun gut, die Frau im Liegestuhl

raucht. Sie ist in den Lichtkreis eingeschlossen. Blind. Ins Bild gesperrt.
Laetitia kommt immer näher. Die Terrasse beginnt zu knistern. Die Steinchen beginnen Umrisse zu gewinnen. Die Gläser, das Teelöffel ebenfalls. Der Klang ist nichts Abstraktes mehr. Sieh das Silber des Teelöffels und seine elegante, in den Tee versenkte Linie. Der Tee gibt ihm einen klaren Umriss. Während die Luft ihn auflöst. Die Nachtluft schmilzt die Konturen ein. Macht sie ungewiss. Zitternd. Ungefähr das möchte ich Laetitia mitteilen, während ich vorsichtig versuche, mich ihren Gedanken anzunähern. Dies, während sie über dunkle Flächen auf das Auge der Terrasse zuschreitet.
Laetitia. Ein Lichtauge in den weißen Falten eines Schals. Aus ihrem goldglänzenden Haar blinkt das Auge in die Nacht, aus den Flügeln ihres Schals, den sie sich dann enger um die Schultern legt.
Ich sehe zu, wie sie schwebt, und gäbe alles dafür, zu wissen, was sie vor Augen hat. Sagen zu können, was sie hinter sich lässt. Ich gäbe alles dafür, ihr sagen zu können, was ein leuchtendes Auge und ihr Weg zur Terrasse hin bedeuten. Ihr sagen zu können, was ihr Verschwinden bedeutet. Oder aber. Die Überlagerung des einen Auges durch ein anderes. Ich würde alles dafür tun, wenn ich das Bild, in dem sie sich spiegelt, beschreiben, ausdrücken, beherrschen könnte. Lachen Sie nicht. Ich möchte alles über Laetitia wissen. (Möchte alles über Laetitia sagen.)
Immer näher rückend, glänzt das Auge der Terrasse in den Steinchen und Teelöffel. Im Gelächter und in den

Rauchflüssen. Laetitia ist über die Treppe geschritten, ich aber sehe zu, wie sie den Lichtfleck überlagert. Laetitia ist das Licht selbst. Niemand bemerkt sie. Niemand sieht sie über die Terrasse schreiten. Die Dame im Liegestuhl, schwarz gekleidet, raucht. Unbeweglich. Bleich. Eine Statue. Die Steinchen beginnen Farbe anzunehmen. Das Lachen bleibt über den Spielern in der Luft hängen. Einen unmerklichen Augenblick lang.

Wer ist dran? fragt der Spieler mit den Ringen im braunen Haar. Voller Ehrgeiz bewegen sich die Muskeln unter der Haut seiner Wangen. Er führt. Unter dem Tisch berührt er wie beiläufig das Bein, die nackte und straffe Haut der Geliebten. Warme, samtige, aufreizende Haut.

Die Geliebte senkt den Blick, lässt die Wimpern antworten. Noch kennen wir uns nicht. Setz bitte das Spiel fort.

Laetitia ist leicht wie ein Lufthauch vorbeigegangen, hat au ralenti die Terrasse überquert, sich mit Zeit umgeben.

Laetitia ist das Licht selbst. In Schwarz, die Dame im Liegestuhl scheint sie anzusehen. Keine Bewegung. Keine Spur von Farbe zuckt über ihre Wangen.

Laetitia ist hinter einer Tür verschwunden. Hat sich ins Dunkel gestürzt. In ihrem Zimmer öffnet sie das Fenster zum Auge der Terrasse hin. Die staubbedeckte Statue in ihrem schwarzen Faltenkleid stützt den Kopf ab mit der Hand. Wie ein Vorhang beschattet sie der Rauch, trennt sie von den Spielern.

Laetitia fegt mit dem Blick über die Faltenwürfe zwi-

schen den Tannen, verteilt die Dunkelheit gleichmäßig über den Park. Ich könnte sagen, dass dies eine Täuschung ist. Während es Nacht wird.
Die kleinen Falter auf der Terrasse und all dies Ungeziefer – die bewegliche Aura der Glühbirne. Plötzlich das Knarzen eines Stuhls auf dem glatten Steinboden. Der Spieler steht auf, der Stuhl kippt um. Kalter Lärm. Gewalttätiger Klang. Alles rundum drückt Gewaltbereitschaft aus. Sein Nacken. Gedrungen, steinern, voller Anspannung. Die kurzen Arme mit den dick hervortretenden Adern. Das rostige, stachlige Haar.
Die Steinchen flogen durch die Gegend, er murmelte brummend: Sei's drum, ich ziehe mich zurück.
Er warf einen kurzen Blick auf den freigewordenen Stuhl, auf dem die Geliebte ihre Beine ausstreckte. Ihre zarten Knöchel elektrisierten seinen Blick. Er riss sich aus dieser Befangenheit, knallte die Tür hinter sich zu. Zack, zack, zack, die Steinchen. Laetitia verfolgte das Spiel aus der Dunkelheit.
Der Spieler vor dem Hintergrund der Nacht. Schwer nur ist vor so viel Vereinnahmung ein Profil auszumachen. Die lange, sanft und exakt geschwungene Linie der Nase. Die Nasenflügel beben. Sie wittern die Erregung ringsum. Das sind die Spielregeln. Er stellt den Stuhl wieder an seinen Platz. In seinen Augen brennt Traurigkeit. Ein Scheiterhaufen. Er geht die Treppen hinunter und wendet sich dem Park zu. Laetitia sieht, wie er sich in die Nacht stürzt. Wie er sich von ihren Faltenwürfen erdrosseln lässt.
Die beiden setzen ihr Spiel fort. Die Geliebte reibt ihre Knöchel am Stuhl, hüllt sie in die Flügel, die Schmetter-

linge des Schals. Hilflos umkreist die Kühle sie. Der Spieler mit den Ringen im Haar nickt. Rehbraun – seine Augen. Eine Messerklinge, sie züngelt grün.
Laetitia schnappt das Züngeln auf. Aus wenigen Anspielungen bloß, sagt sie sich. Aus wenigen Anspielungen fügen sich Bilder, Tatsachen. Gefühle. Ich weiß nicht, ob dies *Leben* heißt.
Der Spieler nickt. Und während seine Hand und sein Verstand eine Figur aus dem Spiel mit den Steinchen bewegen müsste, lassen Gedanken und Blick sich täuschen. Vom Wind hinwegtragen. Und seine verwirrte Hand berührt die Flügel des Schals.
Du bist dran, sagt die Geliebte, deren Spann zittert. Aber ihre Stimme klingt wie eine Ausflucht.
Der Rauchvorhang, ein Mondstrahl, steigt zum Himmel empor. Dahinter verbirgt sich die Bewegungslosigkeit, die im Liegestuhl ruht. Nie wieder wird diese Statue. An diesem Sommerende. Nie wieder. Sagte sich Laetitia hinter den Schatten des Vorhangs.
Das Auge der Terrasse ist von Licht überflutet. Sie ist ein säuerlich-grünes Lichtauge. Die Terrasse. Sie ist von Gewaltbereitschaft besetzt. Das Auge ist grün. Das Auge ist blutig. Auf der Terrasse haben die Jahreszeiten gewechselt. Die Ironie. Ist dies etwa die wahre Jahreszeit. Nie wieder wird eine so reine Jahreszeit die Terrasse überfluten. Wird sie nie wieder mit ihrer Gewalt besetzen. Die Geliebte reibt unruhig ihre Knöchel und lacht vor Angst. Daraus wird die Reinheit der Jahreszeit geboren. Laetitia erbebt und weint. Nur Tränen. Kein einziger Laut. Keine helfende Bewegung. Bloß Tränen, von denen man nicht weiß, woher sie kommen und

wohin sie gehen.
Die Terrasse. Welch riesiges Auge. Laetitia, sage ich zu mir. Und ich habe keinerlei Macht über sie. Kann ihr nicht helfen.
Laetitia hört auf die Stimme der Geliebten, die vor Angst lacht. Und sie weint. Ich habe keinerlei Macht, sage ich euch. Ich möchte alles für Laetitia tun.
Du bist dran. Komm, zieh, ich bitt dich.
Die Geliebte ist eine Schnecke, die sich in ihr Lachen verkrochen hat. Ihr Lachen.
Die Geliebte ist eine Schnecke, sagt der Spieler und schüttelt die Ringe im Haar. Und lacht traurig. Verächtlich.
Es hat keinen Sinn. Du bist eine Schnecke.
Und wieder dieses Lachen, das dir die Seele mit einer Gänsehaut überzieht. Die Seele, und wenn schon. Die Ringe in seinem Haar werden von Verzweiflung geschüttelt.
So kann das Spiel nicht weitergehen.
So hat das Spiel keinen Sinn mehr.
Willst du sagen, dass es meine Schuld ist?
Ich will sagen, dass man eine Schnecke nicht betrügen kann.
Laetitia hört ihnen zu. Und weiß nicht, woher sie kommen und wohin sie gehen. Ihre Tränen. An jedem anderen Tag wäre sie hinausgegangen und hätte sie angebrüllt: ihr Schwachköpfe. Hätte ihnen die Tür vor die Nase geknallt. Ihnen die Ironie ins Gesicht geschleudert. Wäre ins Spiel eingestiegen. Hätte gewonnen. Verloren. Sich gerettet.
Du bist ein Monstrum, schreit die Geliebte und springt

auf. Ihre bebenden Knöchel stoßen an den Stuhl. Die Samthaut lässt sich vom Blick des rehbraunen Messers ritzen. Warme Tropfen röten den glänzenden Stein. Die Geliebte wirft die beinernen Spielfiguren um. Über den Boden und den Tisch kullernd zerreißen sie mit ihrem Geräusch die Stille. Daneben ein umgestürzter Stuhl. Der weiße Schal flattert durch die Luft und sinkt herab. Flockiger Schnee neben dem warmen Blut.

Du bist ein Monstrum, schreit die Geliebte und rennt verzweifelt davon. Stürzt sich in den Schlund der Nacht.

Wie ist es so weit gekommen, fragt sich der rehbraune Spieler, das Gesicht in den Händen. Wie konnte es so weit kommen, Herrgottnochmal. Mit dem Zeigefinger schreibt er den Namen der Geliebten auf den Stein des Bodens. Kalt und glänzend. Der Kontrast schmerzt. Der heiße, rote Name verletzt den Fußboden. Verletzt seine Seele. Er wischt sich mit dem Schal ab und führt ihn an die Lippen. Er küsst ihn leidenschaftlich. Bewundernd.

Wie eine Träne zittert die Terrasse zwischen Laetitias Lidern. Dann beginnt sie zu kippen.

Die Terrasse kippt um. Mit ihr die Frau im Liegestuhl. Und er. Der Spieler, der mit dem Kopf auf dem Tisch eingeschlafen ist. Den heißen Schal an den Lippen. Die Terrasse kippt um. Die Spielsteine fliegen durch die Gegend. Sie werden verstreut, klappern auf Tisch und Fußboden. Laetitia schließt die Augen. Die Marmorstatue muss umgebracht werden. Das träumt der Spieler. Ihr Glanz ist schuld. Ihr dunkler, forschender

Blick. Ihre Kälte. Ihre Entspanntheit.
Laetitia öffnet die Augen. Die Terrasse hat sich beruhigt. Hoffnungslos liegen die Stühle auf dem Boden. Die zerbrochenen Aschenbecher. Umsonst verdeckt ihre Asche die Vergeblichkeit, die Steinchen, das silberne Teelöffel. Und nichts hat mehr seinen Glanz. Die Statue liegt reglos im Liegestuhl. Ihr staubiges Schwarz hat keinerlei Bedeutung. Ihr Auge hat keinen Sinn. Eine riesige Spinne webt ihr klebriges Netz über dem Blut auf dem Boden. Über den Steinchen auf dem Tisch. Über dem rot verschmierten Schal. Die Terrasse ist ein riesiges Auge. Das sich ganz langsam schließt. Die Terrasse verödet. Die Geliebte hat sich in den Schlund der Nacht gestürzt. Der Sieger hat den Kopf auf dem Tisch liegen und wird von einer Spinne verschlungen. Vom Staub aus den Aschenbechern. Von der Asche der Vergeblichkeit. Von der Ohnmacht der Liebe.
Laetitia hat keinerlei Kraft. Wem nützt es, wenn man über Gemeinplätze lacht, fragt sie sich. Sie wird sie schlicht und einfach vermeiden. Aber, Herrgott, das ist eine unerträgliche Bürde. Wie lebt man von diesem Augenblick an weiter.
Laetitia wird nie wieder die gleiche sein. Nach dieser Spätsommernacht. Ich kann nichts für sie tun. Ich habe keinerlei Macht. Ich möchte alles über Laetitia wissen. Alles würde ich dafür geben. In dieser Jahreszeit ist die Liebe unmöglich.
Laetitia wird auf die Terrasse hinaustreten. Wird auf die Terrasse gehen. So, glaube ich, ist es richtiger. Sie wird in den Park gehen. Und all mein Mühen wird vergeblich gewesen sein. Die Liebe ist in dieser Jahres-

zeit unmöglich. Langsam schließt sich das Auge der Terrasse. Es wird dunkel. Draußen in der Welt ist der Morgen angebrochen. Sage ich. Sagt Laetitia.

Glossar

Altreich
Bezeichnung für das alte Königreich Rumänien, das sog. Regat, bestehend aus Moldau und Walachei mit der Hauptstadt Bukarest
au ralenti
(franz.) in Zeitlupenaufnahme
»Augen von Dobrin«
Sorte Obstler, die man mit den blauen Augen des Fußballspielers Dobrin in Verbindung bringt. Auf dem Etikett sind zwei Pflaumen abgebildet
Bulă
rumänische Witzfigur, die den Typus des Dummen repräsentiert und mit der auf Ceauscescu angespielt wurde.
Capaţi-Ohne
filterlose Zigarettenmarke
chicinetă
(rum.) Bezeichnung für eine Teeküche/Kleinküche
C.O.M.
Consiliul Oamenilor Muncii, den Rat der Arbeitenden, gab es in jedem Betrieb. Er hatte wichtige, die persönlichen Lebensbedingungen der Mitarbeiter betreffende Entscheidungskompetenzen wie z. B. die Befürwortung oder Ablehnung von Anträgen für Auslandsreisen
coup de foudre
(franz.) Liebe auf den ersten Blick

Einheitsfest
am 24. Januar feierte man mit traditionellen Tänzen die Vereinigung von Walachei und Moldau zum sog. Regat
Gică Petrescu
ein von Ceauscescu geschätzter rumänischer Unterhaltungssänger, der zu Sylvester die Fernsehsendung moderierte
kicsi
(ung.) klein
Maramureş
Region von Rumänien, die besonders für ihre Schnapsbrennerei bekannt ist
Mărăşti, Mărăşeşti, Oituz
Orte wichtiger Schlachten während der gescheiterten deutsch-österreichischen Offensive in der Moldau, Juli/August 1917
Perenița
Volkslied, zu dem man tanzt, und die Paare sich küssen
Sinaia, Mamaia
ein Luftkurort im Gebirge und ein Seebad am Schwarzen Meer, die beide Gegenstand eines bekannten rumänischen Schlagers wurden, und dort den Urlaub verbringen zu können galt als Maßstab für einen gewissen Wohlstand
Stefan der Große
Fürst der Moldau von 1457-1504
Visarion
rumänischer Vorname, der auf Jossif Wissarionowitsch Stalin hinweist

Nachwort

Unsere Bemühungen, das richtige Wort an die richtige Stelle zu setzen

Wenn nun 2015 der Erzählungsband *Fenster in Flammen* von Carmen-Francesca Banciu wieder aufgelegt wird, so verbinden sich damit eine große Hoffnung und ein kleines Wagnis. Beides – Hoffnung und Wagnis – besteht im Experiment, das 1992 erstmals im Rotbuch-Verlag publizierte Buch nun 23 Jahre später wieder zur öffentlichen Diskussion zu stellen. Denn – und das bedarf keiner weiteren Erläuterung – die Sicht auf die Welt, auf Europa, auf Rumänien, auf Deutschland ist mittlerweile eine andere. Und so ist zu hoffen, dass der Band *Fenster in Flammen* auch jetzt wieder ein Publikum, sein Publikum findet. Das Wagnis ist wohl darin zu sehen, dass eben dieses (neue) Publikum die politische Dimension des literarischen Textes, die sich vor beinahe einem Vierteljahrhundert viel deutlicher mitkommuniziert hat, mittlerweile nur noch schwerer fassen kann, dass seinerzeit aktuelles Wissen inzwischen längst in den Bestand des historischen Wissens übergegangen ist und erst erschlossen werden muss. Aber hier setzt nun wieder die Hoffnung an, die darin besteht, dass die Erzählungen des Bandes *Fenster in Flammen* vor allem als literarische Texte von hohem Anspruch, hoher Poetik und hoher Literarizität wahrgenommen werden können, die gerade auch jenseits eines tagesaktuellen Hintergrunds wirken.

Carmen-Francesca Banciu – Grenzgängerin und Zeugin von Umbrüchen

Geboren wurde Carmen-Francesca Banciu 1955 in Lipova, einer Kleinstadt im westrumänischen Kreis Arad. Im selben Jahr trat Rumänien dem Warschauer Pakt bei und war seither fester Bestandteil des sozialistischen Staatenbundes. Als Angehörige der Nachkriegsgeneration erlebte Carmen-Francesca Banciu die rumänische Bevölkerungs- und Minderheitenpolitik zwar nicht in der Phase ihrer Etablierung, aber sehr wohl in der Phase der konflikthaften Umsetzung. Ziel dieser Bevölkerungspolitik war es, eine größtmögliche Nivellierung der unterschiedlichen Bevölkerungsgruppen herbeizuführen und auf diese Weise den Vielvölkerstaat Rumänien durch einen sozialistisch verfassten Einheitsstaat zu ersetzen, in dem neben der rumänischen Bevölkerung auch die Minderheiten aufgehen. Neben der überwiegend rumänischen Bevölkerung betraf dies unterschiedlich umfangreiche Gruppen wie Madjaren, Deutsche, Juden, Sinti und Roma, Ukrainer, Serben, Kroaten, Bulgaren u.a.m. Diese ethnische Gemengelange hat historische Ursachen und liegt nicht zuletzt darin begründet, dass die Grenzen Rumänien im Laufe seiner Geschichte wiederholt verändert wurden.

Carmen-Francesca Banciu studierte in der Hauptstadt Bukarest, durch ein kirchliches Stipendium finanziert, Kirchenmalerei und Außenhandel, bevor sie sich der Literatur zuwandte. Die Studienzeit fiel in eine Phase tiefgreifender Veränderungen in der rumänischen Kulturpolitik. Denn die 1970er-Jahre standen unter dem Zeichen der Verschärfung und der zunehmenden staatlichen Kontrolle der Kulturszene. 1971 rief Nicolae Ceauşescu, Generalsekretär der Rumänischen Kommunistischen Partei, Staatspräsident und Vorsitzender des Staatsrats Rumäniens eine „neue Kulturrevolution“ aus, deren stalinistische Prägung unverkennbar war. Auch die frühen 1980er-Jahre waren geprägt von dem, was im Kreis rumänischer Intellektueller unter der Summenformel der drei F (frig, foame, frică = Kälte, Hunger, Angst) zusammengefasst wurde. Als Mitherausgeberin der Kulturzeitschriften *Contrapunct* und *Robinson* zählte Carmen-Francesca Banciu einerseits zu den etablierten Größen in der Literaturszene ihres Landes, andererseits erhielt sie sich unter den Bedingungen des Möglichen eine gewisse Staatsferne. Für zwei ihrer Erzählungen wurde sie 1982 in Rumänien mit dem *Premiul Luceafarul* ausgezeichnet.

Ihre Positionierung im und zum rumänischen Staat wurde vor allem in Bezug auf Abgrenzungstendenzen deutlich nachvollziehbar; diese verdeutlichten sich aufgrund ihrer literarischen Aktivitäten im Ausland: In der Bundesrepublik wurde Carmen-Francesca Banciu erstmals 1985 von einer interessierten (Fach-) Öffentlichkeit zur Kenntnis genommen. In diesem Jahr beteiligte sie sich am Internationalen Kurzgeschichtenpreis der Stadt Arnsberg. Dieser Wettbewerb und die Teilnahme Carmen-Francesca Bancius hieran trugen beinah abenteuerliche Züge: Offiziell durfte sie sich nicht an diesem Wettbewerb beteiligen, da sie vom rumänischen Schriftstellerverband hierzu keine Nominierung erhielt. Voraussetzung für eine solche wäre die Mitgliedschaft im Verband der Schriftsteller und zugleich die Mitgliedschaft in der sozialistischen Partei Rumäniens gewesen, die Banciu jedoch nicht besaß. Damit konnte die Erzählung *Das strahlende Getto*, mit der sie sich in Arnsberg beteiligen wollte, nicht auf offiziellen Wegen zum und in den Wettbewerb gelangen.

Gleichwohl war der Autorin an der Beteiligung viel gelegen; dies mag Ausdruck dafür sein, dass und wie sie sich auch in ihrem Heimatland der deutschsprachigen Literaturszene verbunden fühlte. Also galt es, unorthodoxe und unbeobachtete Wege zu finden. Der Arnsberger Wettbewerbsbeitrag wurde zunächst von Rolf Bossert, einem 1952 geborenen, 1986 verstorbenen rumäniendeutschen Schriftsteller, ins Deutsche übersetzt. Nach der Übersetzung wurde der Text mittels privater (Um-)Wege an der staatlichen Zensur vorbei nach Deutschland geleitet. Die Erzählung fand in Arnsberg eine positive Aufnahme: Carmen Francesca Banciu erhielt 1985 den Internationalen Kurzgeschichtenpreis und damit entsprechende Aufmerksamkeit in Deutschland – und in Rumänien.

Nach dieser Auszeichnung musste sie dem Ceauşescu-Regime Rede und Antwort über die nicht genehmigte Teilnahme am ausländischen Literaturwettbewerb stehen. Während dieses Verhörs schlug sie das Regime mit den eigenen Waffen, indem sie schlicht behauptete, den Text mit der Post nach Arnsberg geschickt zu haben. Damit war das System insofern matt gesetzt, da es offiziell die Zensur der Auslandspost nicht zugeben wollte. Gleichwohl reagierten die rumänischen Behörden empfindlich: Carmen-Francesca Banciu erhielt umgehend ein Publikationsverbot in Rumänien, ein bereits erschienenes Buch wurde zurückgezogen, weitere Texte durften nicht veröffentlicht werden. Durch diese Maßnahmen wurde die Schriftstellerin weitgehend aus der öffentlichen Wahrnehmung der Literatur ihres Landes bzw. in ihrem Land exkludiert. Diese Reaktion war geradezu typisch für die kulturpolitischen Auswirkungen der „selbstherrlichen Grandomanie einer Despotenfamilie“ (Behring 2002, 33). Carmen-Francesca Banciu erlebte wegen ihrer Kurzgeschichte *Das strahlende Getto*, was Eva Behring, gründliche Kennerin der rumänischen Literatur, für die 80er Jahre wie folgt zusammenfasst und als Ursache für einen – so Behring – „Schriftstellerexodus“ benennt: „Für das letzte Jahrzehnt kommunistischer Diktatur lässt sich durchaus wieder von einer ‚Welle‘ politisch und kulturpolitisch motivierter Auswanderung sprechen. Im Gegensatz zu den in allen Ländern des Ostblocks in den achtziger Jahren eher aufbrechenden Verkrustungen waren es in Rumänien die sich fest etablierenden Extrembedingungen in allen Gesellschaftsbereichen, die Intellektuelle, Wissenschaftler und Künstler zu Hauf forttrieben. (...) Für die Schriftsteller bedeutete all dies eine Zeit zermürbender Verunsicherung. Die Forderungen der Zensur gingen oftmals ins Groteske, direkte Aufforderungen zu panegyrischer Ausgestaltung von Feiertagen der ‚lichtvollen Ära' oder von Geburtstagen ihrer obersten Exponenten nahmen alptraumhafte Dimensionen an. Publikationsverbot oder Hausarrest drohten als unkalkulierbare Folgen mangelnden Wohlverhaltens." (Behring 2002, 32)

Jedoch blieb Carmen-Francesca Banciu zunächst in Rumänien. Im November 1990, nach dem Mauerfall also, übersiedelte sie mit ihren drei Kindern nach Berlin. Damit ist ein weiterer Grund für die seinerzeit reduzierte Rezeption der Autorin genannt: Ihre Literatur erfüllte zumindest in der Wahrnehmung der Literaturgeschichtsschreibung nicht die wesentlichen Merkmale der Exilliteratur, die ihrer Verfasserin den entsprechenden Status zuerkennen würde: „Unterdrückung, staatliche Verfolgung, persönliche Diskriminierung, Haft und Haftandrohung, Schreibverbot und Zensur, also politische und kulturpolitische Beweggründe für die Ausweisung oder die eigene Entscheidung zum Verlassen des Landes erscheinen uns unabdingbare Determinanten für die Definition von ‚Exil'. Gleichermaßen ist das bei den ausgewanderten Schriftstellern anhaltende Bewusstsein der ungewollten Ausgliederung aus dem vertrauten Identifikationskontext, einer fehlenden oder nur mangelhaften, auf jeden Fall aber schmerzlich empfundenen Integration in die neue Umwelt und der nicht aufgegebene Vorsatz, in die Heimat zurückzukehren.

In diesem Sinne erweist sich ‚Exil' als klassische Kategorie des Vertriebenseins, der Antinomie von Fremdheit und Vertrautheit, von Desintegration und Integration." (vgl. Behring 2002, 10) Zwar treffen die Kennzeichen der persönlichen Diskriminierung, des Schreibverbots und der Zensur sowie die Ausgliederung aus dem kulturellen Kontext des Herkunftslandes und der Muttersprache für Banciu zu, aber durch ihr Verbleiben in Rumänien bis 1990 fehlt ihr der genannten Systematik folgend ein offenkundig zentrales Merkmal zur Aufnahme in den Kreis der rumänischen Exilliteratur. Auch unter Berücksichtigung der von Behring angegebenen Typologie der Phänomene kultureller Identität im Exil wäre Carmen-Francesca Banciu erfasst; Behring differenziert hier zwischen erstens einer weitgehenden Verweigerung gegenüber einer Integration in die Kultur und Traditionen des Gastlandes, zweitens der Akzeptanz einer zweifachen, oft auch zwiegespaltenen Kulturidentität sowie drittens der weitgehenden oder völligen Lösung aus den Bindungen heimatlicher Identität, Assimilation mit der neuen Umwelt (z.B. konsequenter Gebrauch der Landessprache für das Produzieren von Literatur, Ausrichtung auf den Leser im Gastland (vgl. Behring 2002, 73).

Carmen-Francesca Banciu oszillierte in der seinerzeitigen Wahrnehmung in Werk und Biografie zwischen den beiden letztgenannten Aspekten; gleichwohl blieb sie in der summarischen Erfassung der Exilliteratur ihres Heimatlandes unerwähnt. Mit einem weiteren

Begriff des Exils operierend, der gespannte Verhältnisse zwischen Schriftsteller und politischem System als kennzeichnend annimmt und nicht die Differenzierung nach der persönlichen Reaktion auf diesen Konflikt zum entscheidenden Kriterium (auf)wertet, ist für Carmen-Francesca Banciu vor dem Hintergrund des ausgesprochenen Veröffentlichungsverbots jedoch in Anspruch zu nehmen, was andernorts unter der – fraglos ebenfalls problematischen – Formel der „inneren Emigration" verbucht wurde und noch wird.

Auch die Auseinandersetzung mit der Kategorie der Widerstandsliteratur ist in Bezug auf Banciu wenig ergiebig. Zwar legt Behring in ihrer *Rumänischen Literaturgeschichte* auch hier feste Typologisierungen vor, die mit Blick auf Banciu erneut Schnittmengen ergeben. Nach Behring lässt sich die Widerstandsliteratur so systematisch fassen: „1. Passiver Widerstand im Sinne einer – teils spontan-naiven, teils bewussten – Verweigerung gegenüber jedweder kultureller bzw. literarischer Indoktrination, 2. aktiv-politischer Widerstand durch Literatur, darunter a) die „ausdrückliche Verweigerung", b) die Verletzung gesetzlicher Bestimmungen (durch unerlaubtes Publizieren, „Schubladenliteratur" und Flucht." (Behring 1994, 289 – Dieser Systematik liegt ein Beitrag des Klausenburger Literaturwissenschaftlers Adrian Marino *România literară* vom 6.6.1991 zugrunde.) Auch hier deckt Carmen-Francesca Banciu einen Teilbereich ab, ohne dass sie jedoch im entsprechenden Kapitel der genannten Literaturgeschichte erwähnt würde. Aber vielleicht ist ja gerade die Verortung jenseits der eher glatt zu handhabenden Etiketten – für Schriftstellende zumal – nicht der falscheste Ort, damit die Texte zunächst und nicht ihnen vorgeschaltet die Biografie ihrer Verfasser beim Rezipienten wirksam werden können. Daher soll hier auch nicht der Versuch unternommen werden, von der Außenperspektive her eine Zuweisung vorzunehmen. Vielmehr gilt es, mit Verweis auf die Systematisierungsproblematik zum einen auf die Interpretierbarkeit bzw. -bedürftigkeit auch von biografischen Konstrukten aufmerksam zu machen und zum anderen eine mögliche Ursache für eine eher überschaubar-sparsame Rezeption eines Schriftstellers anzudeuten.

Nach 1990 lebte Carmen-Francesca Banciu in Berlin als freie Schriftstellerin. 1991 erhielt sie ein Stipendium des Deutschen Akademischen Austauschdienstes (DAAD) zugesprochen. Neben literarischen Arbeiten schrieb sie auch Beiträge für Rundfunkanstalten und Zeitungen, außerdem leitete sie Seminare für Kreatives Schreiben sowie eine Weiterbildungswerkstatt für junge deutsche Autoren. Seit 1996 publizierte Carmen-Francesca Banciu in deutscher Sprache. Zu ihren in Deutschland veröffentlichen Werken zählten der nun wieder verfügbare Erzählungsband *Fenster in Flammen* (1992 im Rotbuch-Verlag), in dem auch die in Arnsberg prämierte Erzählung *Das strahlende Getto* abgedruckt ist, sowie *Filuteks Handbuch der Fragen* (1995 ebenfalls im Rotbuch-Verlag), einer Zusammenstellung von Kurzgeschichten und einem

Mikroroman. Der Roman *Vaterflucht* wurde 1998 im Verlag Volk und Welt veröffentlicht; 2009 erschien der Roman erneut im Rotbuch-Verlag. Nach dem Wechsel ins Deutsche als primäre Produktionssprache wurde 2000 im Ullstein-Verlag der Roman *Ein Land voller Helden* publiziert. Im Jahr 2002 legte sie abermals im Ullstein-Verlag *Berlin ist mein Paris. Geschichten aus der Hauptstadt* vor; der Band wurde 2007 im Rotbuch-Verlag neu aufgelegt. Ebenfalls 2007 legte Banciu den Roman *Das Lied der traurigen Mutter* (Rotbuch-Verlag) vor, der 2015 in englischer Übersetzung bei PalmArtPress wieder erschien. Im selben Verlag publizierte sie 2015 den Roman *Leichter Wind im Paradies*. Neben der Tätigkeit als Schriftstellerin ist Carmen-Francesca Banciu seit 2013 ist als Mitherausgeberin und stellvertretende Direktorin des transnationalen, interdisziplinären und mehrsprachigen e-Magazins *Levure Littéraire* tätig. Mittlerweile erhielt sie zahlreiche Preise und Stipendien für ihr Werk, das in mehrere Sprachen übersetzt wurde.

Vita und Werkgeschichte weisen Carmen-Francesca Banciu als eine europäische Schriftstellerin im besten Sinn des Wortes aus; in Leben und Werk scheinen immer wieder die Wurzeln ihrer rumänischen Herkunft, der Wechsel der literarischen Produktionssprache und in Bezug auf die Themen schließlich eine europäische Perspektive durch. Aus diesem Grund allein schon verdient sie besondere Aufmerksamkeit beim Aufsuchen jener literarischen Bezeugungen, die für die jüngere europäische (Literatur-)Geschichte stehen. Die Zweiteilung Europas (vor 1989) und ihre Überwindung (nach 1989), die Beschwernisse des Lebens (und Schreibens) unter den Bedingungen einer Diktatur, der Verlust von Heimat und Sprache, das Nachzeichnen einer europäischen Kulturachse (Paris – Berlin – Bukarest), das Leben unter den Bedingungen des Fremdseins – all dies sind die Themen ihres literarischen Schaffens ebenso wie ihres Lebens. Und: Diese Themen sind nicht nur Bancius Themen – sie sind zugleich in mannigfaltigen Variationen zentrale Themen der europäischen Literatur des 20. wie des 21. Jahrhunderts. Somit zählt Carmen-Francesca Banciu zu den literarischen Zeitzeugen gravierender Umbrüche in Europa. Dabei stellen ihre Romane ebenso wie ihre Kurzprosa entsprechende literarische Zeugnisse dar. Das Werk Bancius lässt sich aus heutiger Sicht exemplarisch für die so genannte Chamisso-Literatur ansehen, die durch Inter- und Transkulturalität in Themen wie Sprache ausgewiesen ist.

Und dennoch sitzt nach wie vor Carmen-Francesca Banciu zwischen den Stühlen. In einer Notiz des Börsenblattes für den Deutschen Buchhandel kommt Bode zu einem ähnlichen Urteil; er siedelt Banciu „gegen den Strom" schwimmend an (vgl. Bode 2000, 15). Der rumänischen Literaturszene (vor 1989) wurde sie durch den nicht gestatteten Beitrag zum Arnsberger Kurzgeschichtenwettbewerb und das darauf folgende Publikationsverbot weitgehend der Wahrnehmung entzogen; sie exilierte nicht während der Ceaușescu-Zeit und wurde daher nicht der Exilliteratur Rumäniens zugerechnet; nach dem Zerfall des „Ostblocks" blieb sie nicht in ihrem Land und trug so nicht vor Ort zur Integration und zur Formulierung des Projekts einer neuen Gesellschaft bei; 1990 siedelte sie sich in Berlin an, Zeitpunkt und Ort waren in Bezug auf eine öffentliche Wahrnehmung ebenfalls nicht begünstigend. Und so personifiziert sich in Carmen-Francesca Banciu eine Gemengelage der nur eher beiläufigen Kenntnisnahme: Sie zählt nicht zu den durch eine breite Öffentlichkeit privilegierten Autoren, ist gleichwohl als Zeitzeugin höchst spannend und in ihrem literarischen Werk gerade wegen ihrer sowohl rumänischen als auch europäischen Ausrichtung – oder besser: ihrer europäischen Ausrichtung rumänischer Akzentuierung – lesens- und entdeckenswert. Auch vor diesem Hintergrund ist es erwähnenswert, dass einige ihrer Texte inzwischen ins Französische übersetzt worden sind; bspw. *Le ghetto rayonnant. Fuir le père* (2002); Auszüge aus dem Berlin-Paris-Buch unter dem Titel *Berlin est mon Paris* (2003). Auch dies ist ein deutliches Beispiel für die europäische Rezeption und damit die europäische Dimension ihrer Literatur.

Fenster in Flammen – Geschichte und Stadt als Lebensraum und Traumraum

Die Erzählungen des Bandes *Fenster in Flammen* enthalten Portraits von teils mehr, teils weniger konkret fassbaren Frauen- und Männerfiguren, die sich allesamt auf dem schmalen Grat zwischen Traumwelten

und Realität bewegen. Diese schwankende Verortung wird durch eine bisweilen surreal anmutende Bildsprache noch unterstrichen und hervorgehoben.
Carmen- Francesca Banciu zeichnet die Portraits mit dem präzisen Blick der exakten Beobachterin, gleichzeitig wählt sie einen spöttisch-ironischen Tonfall zur Wiedergabe des Gesehenen. Mit Ausnahme der Erzählung *Das strahlende Getto* zeigt sie Figuren im Chaos der sozialistischen bzw. postsozialistischen Urbanität, die als Hintergrundfolie für innere, psychische Zustände der Verstörung und Entheimatung dient.

Zwei Motivbereiche werden in den Erzählungen zentral genutzt und variiert: Stadt und Geschichte. Beide werden als Lebensräume dargestellt; die Stadt ist dabei eine unwirtliche, von Müll und Abfall bedeckte Lokalität, in der Leben nur durch das gleichzeitige Hinausträumen möglich wird. Die Unerträglichkeit des Seins in den Einzimmerappartements des real existierenden Sozialismus erfordert den Gegenentwurf, der durch den Tagtraum erreicht wird. Die Stadt ist also nicht nur Lebensraum, sie ist Traumraum und Zeitraum. – Allein diese Perspektive ordnet die Texte dem Diskurs der europäischen Großstadtliteratur des 20. Jahrhunderts zu.

Neben dem Motiv der Stadt zieht sich ein zweites zentrales Motiv durch die Kurzprosa: Der Versuch, sich durch die Erinnerung seiner selbst zu vergewissern und damit die Vergangenheit als individuelle Geschichte eines Lebens zu begreifen, zieht sich als

Motiv durch die Erzählungen dieses Bandes, wird aber auch in *Filuteks Handbuch der Fragen* zentral. Erinnern bedeutet dabei Rekonstruieren von Geschichte und (Familien-) Geschichten. Die in den Erzählungen vorgestellten Erinnerungen fließen aus konkreten Versatzstücken in zunehmend diffuse Bilder über, Erinnern ist zwar als Vorgang möglich, nicht aber als Ergebnis. Die Zeiträumlichkeit der Topografie des Erinnerns wird in den Erzählungen eben nicht nur durch den Handlungsort Stadt definiert, sondern auch durch die Handlungsachse der Zeit. In den geschilderten Erinnerungen tauchen wiederholt vergangene, als positiv besetzte erinnerte Zeiten auf, die als Gegensatz zu einer bedrückenden Gegenwart konstruiert sind. Den Tagträumen als Gegenentwürfe zur städtischen Realität stehen somit die Erinnerungen als Gegenentwürfe zur aktualen Realität zur Seite. Doch sind beide Strategien scheiternd: So schnell der Tagtraum durch den Alltag eingeholt ist, so schnell entzieht sich die Erinnerung auch wieder dem, der sich erinnert. So bleiben Szenen, Bilder, sinnliche Eindrücke aus entfernten, vergangenen Zeiten, die jedoch kaum noch ein geschlossenes Ganzes ergeben, sondern die stets Fragment bleiben. Die in einigen Erzählungen ausschnitthaft anerzählten Familiengeschichten besetzen noch eine weitere Schnittstelle: die zwischen individueller und kollektiver Vergangenheit. Die Geschichte als Konstrukt spiegelt sich in den erlebten, durch Erinnerungen rekonstruierten – und vielleicht auch verfälschten – Geschichten konkreter Figuren und speisen sich so in den Bestand der Geschichte ein.

Sowohl die lokale als auch die temporale Dimension der Erzählungen werden immer wieder in einem symbolhaften Bild gefasst: dem Fenster. Exemplarisch wird das Fenster-Motiv in der Erzählung *Das strahlende Getto* ausgestaltet. Das Fenster ist in dieser wie den anderen Erzählungen von Carmen-Francesca Banciu nicht nur Ort des ungehinderten und unverstellten Blicks, der einen Innenraum mit einem Außenraum verbindet und so das Innen ebenso nach außen verlängert wie das Außen nach innen. Das Fenster ist darüber hinaus auch ein Ort der Trennung, eine transparente und doch fixe Grenze zwischen einem unwirtlichen Müllberg hinter dem Haus und einem nicht minder unwirtlichen Zimmer im Haus.

Sowohl Guckloch zur Welt, als auch gläsernes Gefängnis – diese Doppelwertigkeit ist für die Erzählungen von Carmen-Francesca Banciu kennzeichnend und sie gilt nicht nur für das Motiv des Fensters. Das kleine Fenster in der Ein-Zimmer-Wohnung der Ich-Erzählerin in *Das strahlende Getto* ist weder hermetisch abgeschlossen, noch völlig offen, sondern es ist gleichsam semipermeabel für die Blicke, für die Gerüche und für die Geschichten um eine Hoffnung. Auf den ersten Blick und für den ersten Blick funktioniert dieses Fenster wie alle Fenster: Die Erzählerin kann „ruhig und mit Nachsicht" aus ihrer Wohnung nach draußen schauen, sieht dort auf die Mülltonnen, auf den Abfall des Viertels und auf die Ratten, die im Müll leben. Doch die Wohnung, aus der heraus der Blick wandert, ist vom Müll infiziert: „Unser Fenster atmet faulen Müll.“ Das Weggeworfene sammelt sich direkt unter dem Fenster, „nur zwei Schritte davor“ an. Sein Gestank dringt durch die Ritzen des Fensters in die Wohnung, füllt Innenraum und Außenraum gleichermaßen an, so dass es eigentlich egal sein kann, ob das Fenster offen oder geschlossen ist. Der Erzählerin ist dies jedoch keinesfalls gleichgültig, sie hält das Fenster geschlossen, die Wohnung verschlossen. Sie selbst öffnet nicht ihre Wohnung, versucht die Illusion des weitgehend intakten Innenraums zu bewahren; denn der „Gestank dringt auch in die Ohren“. Der Müll ist allgegenwärtig, überlagert nicht nur olfaktorisch alles, sondern wirkt physisch auf die Erzählerin, die sich auf der Flucht vor den durch den Müll verursachten Schmerzen hinter das Fenster zurückzieht und dort bleiben wird.

Es ist eine kleine Wohnung, fast nur ein Verschlag, in dem die Familie der Erzählerin lebt. Durch das Fenster hindurch haben sich der Müll und der Gestank in die Wohnung hinein ausbreiten können. Die Wohnung ist feucht, modrig, stickig; der Wasserhahn ist defekt, und von der Decke tropft es. Draußen im Müll wühlen die Ratten, drinnen im Haus sind es die Nachbarn, deren Rascheln und deren Geräusche die Erzählerin beinahe als Parallele wahrnimmt. Diese Wohnung ist kein Ort des Rückzugs, kein Ort der Schutz bietet, diese Wohnung wird ein Bestandteil des Abfallberges, der sich draußen und drinnen auftürmt. Und doch ist die Wohnung nicht nur eindeutig in dieser Weise gekennzeichnet, sie gleichzeitig der Ort des Privaten und des

Vertrauten. Die Wohnung ist auch die Wohnung der Kinder, und in denen personifiziert sich alles, was die Erzählerin an Hoffnungen und Wünschen besitzt. Die Wohnung ist das Getto der Hoffnung. Der andere, der materielle Besitz wird in der Wohnung schnell zu viel, er verstopft die Ecken und beansprucht den Platz, der eigentlich den Menschen zusteht. „Von Zeit zu Zeit befreien wir den Raum in unserem Zimmer von den Dingen. Wir füllen ihn mit Luft." Die angesammelten Dinge, die die Erzählerin umstehen, nehmen mit dem Raum auch die Luft in Anspruch. Die Dinge, an die Erinnerungen und ehemalige Wünsche geknüpft waren, landen so da, wo alles landet, das in der Wohnung keinen Platz mehr hat: bei den Ratten auf dem Müll, draußen vor dem Fenster.

Was der eine als unbrauchbar, abgenutzt oder überflüssig einschätzt und auf den Müll wirft, kann ein anderer noch brauchen. Nicht nur die Ratten leben im Müll, auch die anderen, die in ihm Flaschen, Kompottgläser oder Plastiktüten sammeln. Die namenlosen Anderen, der „Herr mit der Lederjacke" und die „Frau in Grün" oder die „Frau mit dem Goldring" leben nicht nur einfach vom Müll der anderen, sie leben vor allem von der verschlissenen Hoffnung, vom ausgeträumten Traum, vom verbrauchten Wunsch der anderen. Denn was sie aus dem Müll holen, haben die anderen nicht einfach weggeworfen, sondern sie haben die Dinge weggegeben, damit es ihnen nicht noch schlechter geht. Mit jedem Ding, das auf den Müll geworfen wird ist eine Trennung von etwas Privatem, von einem Stück der eigenen Geschichte verbunden. In der Wohnung engen die Dinge ein, nehmen den Bewohnern die Luft zu Atmen; draußen auf dem Müll ist ihre auszehrende Kraft gebrochen ist die Diktatur der kleinen Dinge beendet; sie werden zu Bestandteilen eines Kreislaufes, in dem die Hoffnungen und Wünsche weitergegeben und wieder abgelegt und wieder weitergegeben werden. Von diesem Kreislauf profitieren alle: die, die aufräumen und etwas wegwerfen und wieder Platz geschaffen haben für Neues; die, die aus dem Müll das Brauchbare, das Wieder- und Weiterverwertbare herausfischen; die Ratten; und die Katzen, die fett sind, weil es genug Ratten gibt.

Eine summierende Bilanz der Lebens- und Kulturbedingungen in den 80er Jahren in Rumänien formuliert Eva Behring; ihr Fazit ist geeignet, als Hintergrundfolie zur Lektüre und zum Verständnis der Banciu-Erzählung *Das strahlende Getto* herangezogen zu werden: „Eine durch und durch verlogene, rücksichtslos manipulierende und streng kontrollierte Informationspolitik und die – alle Sektoren des Konsums treffende – Mangelwirtschaft taten ein übriges, um jenes physische und moralische Elendsgefühl, jene allgemeine, sämtliche sozialen Schichten ergreifende Stimmung aus Verdruss, Ekel und Resignation zu erzeugen, die sich selbst dem ausländischen Besucher zu jener Zeit sofort mitteilte. Die tiefen Wunden dieser Jahre der Entwürdigung durch eine menschenverachtende, brutal erzwungene Anpassung und Erduldung, die stetige Angst vor der letzten Konsequenz physischer

Bedrohung waren wohl der entscheidende Antrieb für einen letzten großen Auswanderungsschub, von dem die meisten Schriftsteller einer jüngeren, literarisch durchaus erfolgreichen Generation angehörten." (Behring 2002, 33f.) Die hier aufgelisteten Hinweise zur Werkerkundung finden sich in den Texten Carmen Francesca Bancius in unterschiedlicher Ausprägung und Deutlichkeit immer wieder: „Unser Fenster atmet faulen Müll. Die Bettbezüge der Nachbarn und die Wäsche an der Leine sind unser Sonnenaufgang, wenn sie flattern in der schleimigen Luft des Viertels. Auch die müssen leben. Auch die. Auch die. Auch wir. Doch auch wir, mein Gott. Wenn Platz da wäre, könntest du mal aus dem Fenster sehen." (*Das strahlende Getto*) Die Verrottungszustände des privaten Lebens spiegeln die der Gesellschaft.

Carmen-Francesca Banciu hat in der Erzählung *Das strahlende Getto* das Leben in Rumänien unter der Ceaușescu-Diktatur indirekt gekennzeichnet und beschrieben als eines der komplizierten Schizophrenie: Die Gleichzeitigkeit von Hoffnung und Hoffnungslosigkeit habe diese Schizophrenie begründet. „Man hat sich selbst betrogen, so hat man sich vor der Depression gerettet", kennzeichnete Carmen-Francesca Banciu einmal in einem Interview diesen inneren Spagatzustand. Und sie sagt dagegen und zugleich: „Die Menschen sind zum Glauben an die Hoffnung verpflichtet." Aus dieser Widersprüchlichkeit der Überzeugungen sei eine bisweilen lähmende Gleichzeitigkeit des Ungleichzeitigen erwachsen, die sie so beschreibt: „Wir haben gewusst, dass unsere Situation hoffnungslos ist und haben doch im selben Moment ebenso gewusst, dass es Hoffnung auf Veränderung geben muss."

Die Selbstverpflichtung zur Hoffnung, von der Carmen-Francesca Banciu hier spricht, äußert sich auch in der Erzählung *Das strahlende Getto.* Das Fenster, das einerseits den Blick auf den Müll lenkt und dort gefangen hält, erlaubt andererseits die Flucht des Blicks in eine mögliche Zukunft. Es ist dies eine Zukunft, die den Kindern gehört. In diese Zukunft hinein verlegt die Erzählerin ihre Hoffnung auf Verbesserung, Veränderung, also auf weniger Müll und auf anderen Müll. Der Blick aus dem Fenster zeigt der Erzählerin sowohl die Trostlosigkeit und die Müll-lastigkeit und außerdem noch die Enge des eigenen Standortes, der Blick aus dem Fenster führt aber darüber hinweg in eine Zukunft, in eine Zeit der Kinder, in der sich Hoffnungen realisieren lassen sollen. Ebenso wie das Motiv des Fensters ein doppelwertiges ist, so zeigt Carmen-Francesca Banciu auch die Doppelwertigkeit der Hoffnung und der Sehnsucht. Wenn die Diktatur der kleinen Dinge dadurch gebrochen ist, dass die kleinen Dinge auf dem Müll landen, dann wird die Diktatur der Hoffnung wirksam – und die stellt Carmen Francesca Banciu als mindestens genauso grausam dar – und als unausweichlich für diejenigen, die im Getto leben.

Carmen-Francesca Banciu zeigt, dass die Hoffnungen und die Verlegung der Hoffnung in die Zukunft vor allem eines fördert: Die Bescheidenheit der Perspektive, die sich in den Dingen und den Begriffen spiegelt: „Wenn man im Getto wohnt, so ist das kein Grund, ein Instrument mangelhaft zu beherrschen." – „Humanismus, das ist ein Begriff, der heutzutage jedem viel Ehre einbringt." Die Diktatur der Hoffnung wiederum steht unter der Diktatur der Begriffe, die zwischen den Dingen und den Hoffnungen angesiedelt ist. Ein Instrument zu beherrschen, den Humanismus zu kennen, Altgriechisch und Chinesisch, Französisch und Deutsch zu sprechen können, angenehme Manieren zu besitzen, also nicht zu schmatzen und nicht mit den Füßen zu schlurfen, das sind fast exotische Ausbildungen für einen, der von Müll umgeben im Getto festsitzt. Und das sind Wünsche, die nicht eigentlich nahe liegen zwischen Moder und Müll. Oder vielleicht gerade doch dort. Denn wenn der Blick die Hoffnungen soweit hinter das Fenster transportiert, das sie wohl immer Hoffnungen bleiben werden und müssen, dann bedarf es ganz eigener Strategien der Selbstachtung, um nicht selbst zu Müll zu werden, von dem die andern sich nehmen können, was sie wollen. Im Getto müssen die Kinder alle Hoffnungen tragen – und die Begriffe und die Dinge, die darunter stehen. So kann die Hoffnung des einen für den andern eine Last werden. Der Versuch, die Hoffnungslosigkeit im Getto auszugleichen durch das Nichtaufgeben, hat jedoch soviel Aussicht auf Erfolg wie der Versuch der zwischen den Fensterscheiben gefangenen Stechmücke, die gegen das Fenster anstürmt, um in die Freiheit zurück zu gelangen. Auch die Diktatur der Hoffnung nimmt Gefangene. Sie foltert mit der angedrohten oder vollstreckten Hoffnungslosigkeit. Der Schlüssel zur Befreiung liegt im Hoffenden selbst. Er muss nur, um sich zu befreien, die Hoffnung auf den Müll werfen. Und von dort sammelt sie ein anderer ganz sicher wieder ein.

Literatur als politischer Akt, auch wenn sie selbst nicht originär politische Literatur ist – das ist das Arbeitsprogramm von Carmen-Francesca Banciu, das in den Erzählungen des Bandes *Fenster in Flammen* umgesetzt ist. Und so schreibt sie nicht primär über das perfektionistisch-perfide Securitate-System, nicht über die Bespitzelung eines jeden durch jeden, nicht über die Verordnung des Ceauşescu-Jubels und dessen Risiken und Nebenwirkungen. Sondern sie schreibt über einfache Menschen in ihren alltäglichen Lebenszusammenhängen, zeichnet sie als filigrane Wesen, die den ständigen Grenzgang zwischen Wachen und Traum unternehmen. Aber gerade durch den allgegenwärtigen Versuch der Vergewisserung abwesender Orte und Zeiten gewinnen ihre Figuren auch eine politische Dimension. Hinter den Erinnerungen an Ereignisse und Erlebnisse in der Kinderzeit und hinter der Traumflucht in eine – vielleicht – gestaltbare Zukunft tritt die jeweilige Gegenwart zurück, sie wird überlagert durch die Vielzahl der erinnerten Vergangenheiten und der möglichen Zukünfte. Die Ausblendung der Gegenwart wird kompensiert dadurch, dass Vergangenheitserinnerung und Zukunftstraum zu positiv gezeichneten Fluchtpunkten werden. Die Gegenwart der Figuren konturiert sich so durch das, was ungesagt bleibt; sie lässt sich erahnen als eine Zeit des Graus und des Grauens, von der besser nicht gesprochen wird, die besser nicht erzählt wird.

Die Stadt als Ort – die Vergangenheit als Zeit: Beide Achsen versagen, wenn sie ihre Tragfähigkeit als Gegenentwürfe zu einem hier und jetzt erweisen sollen. Carmen Francesca Banciu legt frei, was nach dem Scheitern bleibt. Es sind unterschiedliche Bilder, die ohne Anbindung an Figuren assoziativ in der Schwebe bleiben. Und diese Bilderfülle zu fixieren, ist die Aufgabe der Schriftstellerin. Doch auch dieses Unterfangen destruiert sie in einer selbstreflexiven Schleife: „Unsere Bemühungen, das richtige Wort an die richtige Stelle zu setzen. Das genaue Wort. Das genau so schwer wiegt, wie die Sache selber. Scheitern fortwährend. Und wir tun nichts anderes, als dir Wörter zu vermehren wie die Maschen auf einer Stricknadel. Jedoch es ist umsonst.“

Dieter Wrobel

Literatur

Behring, Eva (1994): Rumänische Literaturgeschichte von den Anfängen bis zur Gegenwart. Konstanz (Universitätsverlag).

Behring, Eva (2002): Rumänische Schriftsteller im Exil 1945-1989. Stuttgart (Franz Steiner Verlag).

Bode, Volkhard (2000): Gegen den Strom: die Autorin Carmen-Francesca Banciu. In: Börsenblatt für den Deutschen Buchhandel vom 1.8.2000. Heft 61. S.15f.

Hinweis

Dieses Nachwort umfasst aktualisierte Auszüge eines Aufsatzes des Verfassers, der unter dem Titel *Vom südöstlichen Rand Europas ins Zentrum der Sprache. Die Erzählerin Carmen Francesca Banciu* in der Zeitschrift *Literatur im Unterricht. Texte der Moderne und Postmoderne in der Schule*, Heft 2/2004, S. 125-145 erschienen ist.

Prof. Dr. Dieter Wrobel

hat seit 2008 den Lehrstuhl für Didaktik der deutschen Sprache und Literatur an der Universität Würzburg inne. Nach dem ersten Staatsexamen hat er an der Ruhr-Universität Bochum mit einer Arbeit zur deutschsprachigen Prosa der Postmoderne promoviert. Seine wissenschaftlichen Interessen liegen neben Fragen der Leseförderung vor allem in Bereich der Literaturdidaktik (Schwerpunkt: Literatur des 20. Jahrhunderts und Gegenwartsliteratur).

Aus dem Programm von PalmArtPress

Carmen-Francesca Banciu *
Leichter Wind im Paradies
ISBN: 978-3-941524-60-6
Rorman, 164 Seiten, Klappenbroschur, 12,5 x 21 cm

Carmen-Francesca Banciu *
Mother's Day - Song of a Sad Mother
ISBN: 978-3-941524-47-7
Roman, 164 Seiten, Klappenbroschur, Englisch, 12,5 x 21 cm

Reinhard Knodt *
Undinen - Unmögliche Liebesgeschichten
ISBN: 978-3-941524-63-7
Kurzgeschichten, 160 Seiten, Klappenbroschur 12,5 x 21 cm

Wolfgang Nieblich *
Wahr oder Nicht wahr
ISBN: 978-3-941524-64-4
Erzählungen und Berichte, 296 Seiten, Klappenbroschur, 12 x 18,5 cm

Boris Schapiro
Die Deutschen Rubaiyat
ISBN: 978-3-941524-61-3
Lyrik mit Abb. Inge H. Schmidt, 60 Seiten, Softcover, 14,8 x 14,8 cm

Jörg Rubbert
PARIS - NEW YORK - BERLIN
ISBN: 978-3-941524-58-3
Fotobuch mit Text M. Nungesser, 264 Seiten, Deutsch/Englisch
Klappenbroschur, 24 x 28 cm

Michael Lederer *
Cadaqués
ISBN: 978-3-941524-34-7 Deutsch, 472 Seiten
ISBN: 978-3-941524-40-8 Englisch, 448 Seiten
Roman, Softcover, 14,8 x 21 cm

Ingolf Brökel
minimals
ISBN: 978-3-941524-37-8
Lyrik mit Abb. W. Nieblich, 60 Seiten, limitiert
Softcover, 14,8 x 14,8 cm

Reinhard Knodt
Aber so kommen Sie doch mit hinunter zum Fluß …
ISBN: 978-3-941524-57-6
Erzählung mit Fotos v. Jürgen Schabel, 68 Seiten, Leinen, 21 x 21 cm

Alexander de Cadenet
Afterbirth
ISBN: 978-3-941524-59-0
Lyrik mit farb. Abb. 60 Seiten, Klappenbroschur, Englisch, 12,3 x 15,5 cm

Wolfgang Nieblich
Auf Beton II
ISBN: 978-3-941524-53-8
Street-Art-Dokumentation, 92 Seiten, Hardcover, 14,8 x 21 cm

Runhild Wirth
Komm her! Ich will dich ruinieren /Come Here ! I want to Ruin You
ISBN: 978-3-941524-52-1
Kunstbuch, farb. Abb., 100 Seiten, Deutsch/Englisch
Hardcover 14,8 x 21 cm

Reinhard Knodt *
Schmerz - *Acht Miniaturen*
ISBN: 978-3-941524-39-2
Kurzgeschichten mit farb. Abb., 80 Seiten, Softcover, 14,8 x 21 cm

Anne Lorquet-Leithäuser *
Kirschenzeiten
ISBN: 978-3-941524-17-0 Deutsch
Roman, 299 Seiten, Softcover, 14,8 x 21 cm

Michael Kromarek *
KunstGeschichten - *ernst und heiter*
ISBN: 978-3-941524-11-8
Kurzgeschichten, 150 Seiten, Softcover, 12 x 18,5 cm

Maria Reinecke *
Leben in den Zwischenräumen, LIVING IN BETWEEN
ISBN: 978-3-941524-21-7 Deutsch, 180 Seiten
ISBN: 978-3-941524-22-4 Englisch, 172 Seiten
Erzählung, Softcover, 12 x 18,5 cm

* **Auch als eBook erhältlich**
Weitere Information: **www.palmartpress.com**